交換された花嫁

ルイス
第二王子でありながら、
王宮の騎士団長も務めている。
社交界ではあまりよい噂がなく、
多くの令嬢から
婚約破棄されている。
レーヴァン
王国の王太子で、ルイスの兄。
美しい容姿で
笑みを絶やさないが、
腹黒い一面も。
サンドラと婚約している。
アルレット
クライン公爵令嬢。
両親に甘やかされた妹に
振り回される日々を送っている。
妹の我儘で婚約者を
交換させられ、ルイスのもとへ
嫁ぐことになって――

登場人物紹介

ミラン
ルイスの執事。
誠実で真面目な性格で、
主人を何よりも
大切に思っている。

サンドラ
国王の姪で、侯爵令嬢。
以前は女性で唯一、
騎士団に所属していた。
ルイスのかつての
想い人だという噂がある。

エラルド
ルイス、レーヴァン、
サンドラとは従兄弟の関係。
騎士団で副長を務める、
天真爛漫な青年。
ルイスとサンドラと、
非常に仲が良い。

プロローグ

『お姉さんなんだから』

今まで生きてきて、幾度《いくど》言われたかわからない。

お気に入りの人形《にんぎょう》も、ドレスも、髪飾りも、妹のシルヴィアは兎《と》に角《かく》なんでも、姉のアルレットのものを欲しがった。

そのたびに父や母からは『お姉さんなんだから我慢なさい』と言われた。

アルレットは姉だから仕方がないと思い、妹に譲っていたが、妹の我儘《わがまま》はどんどんエスカレートしていく。

あれは、アルレットがまだ八歳の時だった。

身につけていたお気に入りの髪飾りを、シルヴィアに取られた。

それは、アルレットの誕生日に父から贈られた髪飾りだった。

流石《さすが》に頭にきたアルレットは、シルヴィアを怒った。しかし、母と父はアルレットに言った。

『お姉さんなんだから我慢なさい。お姉さんなのに妹を怒るなんて、あり得ません』

『アルレット、お前はもっと思《おも》い遣《や》りを持ちなさい』

アルレットが『でも、これは……』と言いよどむと、母は呆《あき》れたように口を開いた。

『お姉さんなんだから、言い訳は許しませんよ』

その時、アルレットは全てを諦《あきら》めた。

姉のものは全て妹のもの。妹のものも妹のもの。

とても不公平だが、これが現実だ。

それからアルレットは、シルヴィアに要求されるがまま従った。

反抗するだけ無駄だ。アルレットが両親に、非難されるだけだから。

シルヴィアには父と母という鉄壁《てっぺき》の盾がある。敵《かな》うはずはなかった。


そんな日々の中、アルレットは十六歳になり、親の決めた男性と婚約をした。

婚約者の名はボドワン。アルレットの生家クライン家と同じ、公爵家の令息だ。

中肉中背の整った顔立ちで、女性に人気があるらしい。

アルレットはボドワンとは顔見知りではあったが、話したことはほとんどなく、彼のことを詳しくは知らなかった。

だが、アルレットは彼と婚約したものの、ボドワンに全く興味を持てなかった。

どうせ家同士の契約だ。なんの感情もない。

アルレットが婚約をしてひと月も経たずに、今度はシルヴィアに婚約話が持ち上がった。

『聞いて、お姉様！　私も婚約するのよ。お相手がどなたか聞きたいでしょう？　なんと！　第二王子のルイス殿下よ！』

アルレットが特に返事をしなくても、シルヴィアは勝手にペラペラと話し続けた。

『すごいでしょう～？　羨《うらや》ましいでしょう～？　やっぱり私って、お姉様と違って可愛いし特別だから、こうなるんじゃないかってずっと思っていたのよ！』

シルヴィアは得意げに嫌味を言いながら、一人舞い上がっていた。

その様子を見ていたアルレットは、静かにため息をつくことしかできなかった。


それから半年後。

シルヴィアは、驚くべきことを言った。

『お姉様の婚約者、ちょうだい』

アルレットは、シルヴィアが最初、何を言っているのか理解できなかった。

『それは、私の婚約者のボドワン様のこと？』

『それ以外に誰がいるのよ？』

呆気《あっけ》に取られて何も言えないアルレットを気に留めることもなく、シルヴィアは話を進めていく。

『ボドワンもお姉様じゃなくて、私のほうがいいって言ってるの。私のほうが可愛いし身体つきも魅力的だし、性格もいいって！　だから、しょうがないわよね～？　実は、身体の相性もぴったりなのよ』

（昔から自由奔放《じゆうほんぽう》ではあったけれど、ここまで酷《ひど》いなんて。いつの間にボドワン様と、そんな関係

に……それに、身体の相性って……婚前にそれは、ちょっとまずいと思うのだけれど）

アルレットは思わずため息をつきながら、シルヴィアに問う。

『それって、浮気したってこと？』

『浮気じゃないわ、本気よ！　これは運命なの！　二人は出会うべくして出会ったの。でも運命の悪戯《いたずら》で、私とお姉様の婚約者が逆になってしまっただけ。だ・か・ら、ボドワンのことは諦《あきら》めてね！』

堂々と浮気宣言をし、何故か勝《か》ち誇《ほこ》った顔で笑っているシルヴィアを見て、アルレットは頭が痛くなった。

『でも、シルヴィア。ルイス殿下はどうしたの？』

『あー……ルイス殿下ね。第二王子だし、最初は「私もついに王族の仲間入り!?」なんて喜んだけど。ルイス殿下って見た目はいいけど、中身がだめ。全然優しくないし怖いし厳しいし。正直私、無理無理無理～。全然気も合わないし。しかもよく考えたら、第二王子だから王位を継承できる可能性も低いじゃない？　ということは、私が王妃になれるわけでもないでしょう。これって、なんの利点もないわよね？　だから、もういらない～』

シルヴィアはサラリと恐ろしいことを言ってのけた。

（この子は、家を破滅させるつもりなのかしら……もし不義をはたらいたことが知られて、王族に婚約破棄などされれば……間違いなくクライン家は終わりね……）

なんとかシルヴィアを宥《なだ》めようと、アルレットは必死に口を開いた。

『でも、性格が合わないだけで無理って……政略結婚なのに……』

『合わないだけ⁉　あのね、ルイス殿下ははっきり言って、普通じゃないから！　私が、どれだけ嫌な思いをしたか……』

（あなたも十分、普通ではないと思いますけど……）

アルレットはそう言いたかったが、口を閉じた。

何か言うとまた何倍にもなって返ってくるのは、明らかだ。

シルヴィアは、聞いてもいないのにルイスとのことを話し出した。

彼女は初めてルイスと会う日、目一杯お洒落《しゃれ》をして、屋敷を訪ねたのだという。

そして執事に案内され客間に通されると、ほどなくしてルイスが姿を現した。

シルヴィアは気合いを入れて挨拶《あいさつ》したにもかかわらず、当の本人は無反応。

その上、彼はシルヴィアから一番遠い場所に腰を下ろし、執事の淹《い》れたお茶を啜《すす》りながら、本を読み始めてしまった。

シルヴィアは完全に自分を無視しているルイスに、怒《いか》りに震えた。

だが、彼女はここで怒るわけにはいかないと我慢し、その日は結局一言《ひとこと》も話すことなく終わったそうだ。

別の日、シルヴィアは再びルイスの屋敷を訪れた。

彼女はルイスの視界に入るように正面に腰を下ろしたが、彼は全く彼女を見ようとしない。

あまりの対応に見かねた執事が、ルイスに何か話すように進言すると、彼は大きなため息のあと、こう言ったのだという。

『招待などした覚えはない』

何を言われたのかわからず放心状態のシルヴィアと、頭を抱《かか》えた執事を残し、ルイスは部屋を出たまま戻らなかった。

その後もシルヴィアは何度も屋敷を訪問したが、無視をされるか、冷たい言葉を浴びせられるだけだった。

やがて、シルヴィアは、ルイスの屋敷に行くのをやめたらしい。

『わかった⁉』

ものすごい勢いの早口でまくし立て、シルヴィアはそう締めくくった。

相当怒っているのは理解できたが、だからといって人の婚約者と浮気していいわけがない。

アルレットが途方に暮れていると、両親が帰ってきた。

アルレットは彼らに事の経緯を説明した。

流石《さすが》の両親もこれには驚き戸惑《とまど》い、かなり焦《あせ》っていた。

……だが、そんな両親をよそに、シルヴィアはさらに驚きの発言をした。

『いいこと思いついた！　交換すればいいのよ。お姉様の婚約者と私の婚約者を交換すれば、一件落着よ！　ね、いい考えでしょう？』

シルヴィアの言葉に、アルレットは呆気《あっけ》に取られた。

しかし、両親はなんとその言葉に賛同したのである。

『こうなれば仕方がない。アルレット、そうしなさい』

そう言った父に、母も頷いた。

『お姉さんなんだから、交換してあげなさい』

(婚約者を交換って……無理がありすぎると思うのだけれど。しかも仕方がないって……)

アルレットは、唖然《あぜん》とすることしかできなかった。

この娘にしてこの親ありとは、まさにこのことだ。

どうしてこうも揃《そろ》いに揃《そろ》って、考えなしなのか。

クライン公爵家を破滅させるかもしれないのに、この期《ご》に及んで娘の我儘《わがまま》を優先させるなんて、流石《さすが》にアルレットも思ってもみなかった。

驚きを通り越して、悲しくなった。

『……わかりました』

もうどうでもいい。アルレットは考えることを放棄《ほうき》した。

どうせ自分の言い分が通ることはないのだから。


そして、シルヴィアに婚約者を交換するように言われてから、ひと月が経った。

それから三日後には、ボドワンとの婚約を破棄し、ルイスと婚約をすっ飛ばして結婚した。

(あり得ない……)

両家への説明は両親が行《おこな》ったようだ。

一体どのように説明をしたのかは知らないが、取りあえずクライン公爵家は無事だった。

(昔からお父様もお母様も、誤魔化《ごまか》すのは上手だから……)

アルレットは呆《あき》れながら苦笑いを浮かべる。

それにしても、シルヴィアが言うことが本当なら、これから夫婦として暮らす人は、冷たい人間なのだろう。

きっと我儘《わがまま》な妹の代わりとして、愛されることもなく、一生を終えるに違いない。

(……まあ、仕方がないわ)

アルレットは諦《あきら》め、侍女一人付けられずにクライン公爵邸をあとにした。

——だがこの時、彼女はまだ知らなかった。

運命の歯車が大きく……動き出したということを。

第一章

アルレットは馬車を降りると、屋敷の前で立ち尽くしていた。

ここは、第二王子ルイスの屋敷の前。

ルイスは変わり者らしく、自ら城を出て、進んでこの屋敷に移り住んだそうだ。

ルイスには、あまりよい噂がない。

なんと、シルヴィアとの婚約の以前にも、何度か他の令嬢との婚約話が上がっていたらしいが、全て破談になったというのだ。

令嬢たちは、次々に急に不治《ふじ》の病《やまい》になったり、消息不明になったりしたらしいが、多分婚約破棄するための嘘だろう。

シルヴィアと同じような目に遭《あ》わされたのかもしれない。

（嘘も方便《ほうべん》とは言うけれど、そんなに嫌だったのかしら……それにしても相手は王子だというのに、女性側からの婚約破棄なんて許されるのね。もしかしたら、何か他にも理由があるのかも……）

なんだかアルレットは、急に不安になってきた。

アルレットは今日からルイスの妻になるが、まだルイスと面識がない。

一刻も早くボドワンと婚姻したいというシルヴィアの我儘《わがまま》のせいで日程が前倒しになり、多忙なルイスとの都合を合わせることができないまま、今日を迎えてしまった。

ルイスの父である国王マクシムには一度一人で挨拶《あいさつ》に行ったが、ルイスの為人《ひととなり》はわからないままだ。

ちなみに、シルヴィアは既《すで》に結婚し、ボドワンと暮らしている。

その上、どうやらお腹に子供がいるらしい。

シルヴィアがあの時、無理やり婚約者の交換を押し切った理由は、そこにあったのかもしれないと、アルレットは納得した。

（それにしても、婚前の貴族の娘が姉の婚約者と身体の関係を持ち、子をもうけるなんて前代未聞《ぜんだいみもん》だわ。もはや感心してしまうわね……）

　そう考えていると、突然男性の声がした。

「……アルレット・クライン様でございますか」

　名前を呼ばれアルレットは我に返る。結構長い時間立ち尽くしていたようだ。

　声の主《ぬし》を見ると、執事服を着た男だった。

　アルレットは背筋を伸ばし、深呼吸をする。

「はい、アルレット・クラインです。本日よりルイス様の妻として、こちらにまかりこしました。よろしくお願いいたします」

「私はこちらで執事を務めております、ミランでございます。よろしくお願いいたします、アルレット様」

　執事服の男性は、ミランというらしい。

　彼は穏やかに微笑むと、アルレットを案内してくれる。

　屋敷の中は、閑散《かんさん》としていた。淋《さび》しいと、アルレットは感じた。

（屋敷を見れば、ある程度は主人の性質が見えるというけれど……淋《さび》しい人なのかしら）

　アルレットは辺《あた》りを見回しながら、ミランに問う。

「あの……屋敷に人がいないようですが……」

　すると、ミランは苦笑いした。

「ええ、はい……うちの主人は人がたくさんいる環境を好まないので、城からついてきた者を皆解雇してしまいまして……今うちには私と、料理人しか使用人はおりません。アルレット様のお世話は、通いの侍女を雇いましたので、ご安心ください」

（やはり、気難しい方なのね……）

ほどなくして、ある部屋の前でミランは止まった。

彼が扉を叩くと「入れ」という低い声が聞こえる。

ミランはそれを聞いて、静かに扉を開けた。

「ルイス様、アルレット・クライン様をお連れいたしました」

「……今は忙しい。適当に屋敷を案内しておけ」

ルイスと思《おぼ》しき男性は、部屋の中で書類が山積みにされた机に向かっており、忙しそうだ。顔すら上げない。

表情は見えないが、兎《と》に角《かく》威圧感がある。アルレットは息を呑んだ。

「……かしこまりました。アルレット様、こちらに……」

ミランはアルレットに、退室を促《うなが》す。

しかし、アルレットはミランの横を擦《す》り抜《ぬ》け、ルイスの前に立った。

これから夫婦としてやっていかなければならないのだ。夫を恐れている場合ではない。

「ルイス殿下、アルレットでございます。未熟者ゆえ何かとご迷惑をおかけするかもしれませんが、ご容赦《ようしゃ》くださいますようお願い申し上げます」

「……私は忙しいと言ったはずだが、聞こえていないのか」

ルイスは苛立《いらだ》ったように声を低くしたが、顔は上げない。

ルイスは第二王子とはいえ、アルレットだって高位貴族である公爵家の娘だ。

この対応は、あまりに無礼ではないか。

アルレットは眉をひそめると、語気を強めた。

「ルイス殿下も、聞こえていらっしゃらないのですか？　私はルイス殿下にご挨拶《あいさつ》申し上げました。それを無視なさるのが、王族の嗜《たしな》みなのでしょうか」

そこで初めてルイスは顔を上げ、アルレットを見た。

ルイスの鋭《するど》い視線にアルレットは怯《ひる》むが、耐える。アルレットはルイスを真っ直ぐ見つめ返した。

しばらく、沈黙が流れる。

そんな中、先に口を開いたのは、意外にもルイスのほうだった。

「……ルイスだ。わからないことは、全てそこにいるミランに聞いてくれればいい。……それと、すまなかった。悪気はない。少し切羽《せっぱ》詰まっていてな。終わったら、その、一緒に食事にしよう」

アルレットは呆気《あっけ》に取られた。

(怒られるのを覚悟で、嫌味を言ったつもりだったけれど、まさか謝られるとは思っていなかったわ……)

無意識に力《りき》んでいたらしい。気が抜けたアルレットは、その場にへなへなと崩《くず》れ落《お》ちた。

「アルレット様!?　いかがなさいましたか!?」

ミランが驚きの声を上げながら、アルレットを抱き留めようとした。

だが、それよりも早く、ガタンッという椅子を蹴倒《けたお》す音とともにルイスが立ち上がり、アルレットに素早く駆け寄ると抱き留めた。

「あ……申し訳ありません。気が緩んだら身体の力が抜けてしまったようで……ルイス殿下？」

アルレットは、目を見開いた。

ルイスが、その瞳に心配の色を滲《にじ》ませていたからだ。

「怪我《けが》はないか？」

「はい、ありがとうございます」

アルレットが答えると、ルイスは安堵《あんど》したように息を吐いた。

「そうか……ないならいい」

ルイスが支えてくれるが、アルレットは身体に力が入らず、うまく立ち上がれない。

彼は暫《しば》し考える素振《そぶ》りを見せると、アルレットをひょいと横抱きにした。

「きゃっ……ルイス殿下!?」

「静かにしていろ。部屋まで運ぶ」

ルイスの手を煩《わずら》わせたことと、抱きかかえられていることへの恥じらいによって、顔が熱くなる。

それを隠すように、アルレットは顔を伏《ふ》せた。

アルレットの心臓の音は自分でも驚くほど速く、大きく響いている。

緊張の中、そっとルイスを覗《のぞ》き見《み》る。

（もしかしてこの方は、酷《ひど》いだけの方ではないのかしら……）

アルレットには、そう思えた。

その後、アルレットはルイスに抱き上げられたまま、自分にあてがわれた部屋に移動し、休ませてもらうことになった。

ルイスは残りの仕事をこなすべく戻っていったため、アルレットはしばらくぼんやりと、新しい部屋で過ごした。

そして、すっかり気持ちが落ち着き、することもなくうとうとし始めた時、コンコンと扉が叩かれる。

慌《あわ》てて返事をすると「アルレット様、夕食の準備が整いました」というミランの声が扉越しに聞こえた。

気付けば、もう夕刻になっていたらしい。

アルレットは部屋を出ると、ミランに食堂へと案内してもらう。

そして、食堂の大きなテーブルに並べられている料理を見て、驚愕《きょうがく》した。

「どうかしたのか。遠慮はいらない。好きなだけ食べるといい」

そう言ったのは、先に席についていたルイスだ。

向かい側に腰を下ろし固まっているアルレットを、ルイスはじっと見つめる。

「は、はい。いただきます……」

ルイスの気迫に押され、アルレットは急いで前菜に手をつけた。

（美味《おい》しい……）

料理を口に入れた瞬間、そう感じた。

だが、ルイスが気になってしまい、あまり味わうことができない。

（それにしても、量がとても多いのね……）

この大きなテーブルいっぱいに並べられた食事は、アルレットとルイスのためだけに用意されたものだが、とても二人で食べきれる量ではない。

アルレットだって公爵家出身だ。実家で用意される食事の量も、確かに余るほどではあったが……流石《さすが》にこれは、多すぎる。

（王族にとっては、これが普通なのかしら……）

アルレットは目を丸くすることしかできない。

「アルレット様、お口に合いますでしょうか」

アルレットが戸惑《とまど》いながらも、食事を続けていると、ミランに声をかけられた。

アルレットは急いで笑顔を作ると、頷いた。

「は、はい。とても、美味《おい》しくいただいております」

「恐縮でございます。ルイス様、よかったですね」

何故かミランは、そう言ってルイスを見遣《みや》る。

「……」

だが、ルイスはミランには何も答えず、無言で食事を続けていた。

その光景のわけがわからず、アルレットが戸惑《とまど》っていると、ミランが優しく微笑んだ。

「普段の品数は、この半分ほどなのです」

「え……」

意外な言葉に、アルレットは間抜けな声を漏らしてしまう。はしたないと、急いで手で口を覆《おお》った。

それを見たミランは、さらに笑みを深めると話を続ける。

「ルイス様が、アルレット様に嫌いな食べ物があるといけないので、できるだけたくさんの料理を用意するようにとおっしゃいましたので。これだけの数になってしまいました」

「ミランっ、余計なことは言うなと言ったはずだ」

先ほどまで我関《われかん》せずという態度だったルイスが、焦《あせ》って声を上げた。

主人の反論など気にしていない風情《ふぜい》で、ミランはアルレットに礼をする。

「ルイス様は、寡黙《かもく》ですし強面《こわもて》なので、一見するとぶっきら棒《ぼう》な人に見えますが、本当は優しい方なんですよ。ですから、アルレット様、ルイス様をどうかよろしくお願いいたします」

「ミラン……」

ルイスは、ニコニコと笑みを浮かべているミランを、すごい顔で睨《にら》んでいる。

(優しい……?)

アルレットは、目を逸《そ》らした。

ルイスには威圧感がある。別にアルレットが睨《にら》まれているわけではないのに、こっちまで怖くなるのだ。

（本当に、優しいのかしら……。確かに先ほど腰が抜けてしまった時は、抱きかかえて運んでくれたけれど……）

アルレットは、俯《うつむ》き気味にルイスを盗み見る。すると、頬が微《かす》かに赤くなっているように見えた。

（まさか……照れている、とか？）

ルイスは落ち着かない様子で、何度か咳払《せきばら》いをしている。

その様子を見て自分の予想は正しいと確信し、思わず笑いそうになってしまう。

「ルイス殿下」

「……な、なんだ」

アルレットが声をかけると、ルイスはしどろもどろに返事をした。

アルレットは、笑みを浮かべて彼を見つめる。

「お気遣いいただき、ありがとうございます」

「……じょ、女性に気を遣わせるなど、紳士の振る舞いではないからな。当然のことだ」

ルイスは吐き捨てるようにそう言うと、肉を口に放り込む。そして、ゴホゴホと咽《む》せた。

ミランが慌《あわ》ててルイスに水を差し出す。

「くすっ」

アルレットは、我慢しきれずに声を漏らしてしまった。ルイスの優しさが嬉しかったから。

ルイスは、もしもアルレットに好き嫌いがあった場合、無理をして食べる必要がないようにと、二人では到底食べきれないであろう品数を用意させたのだ。

あらかじめ好き嫌いを聞いても、遠慮して言えないだろうと思ったのだろう。

これだけの品数があれば、手を付けない品があっても不自然ではない。

ルイスの不器用な優しさを感じ、頬が緩むアルレットだったが、しばらくしてそれが失態であることに気付いた。

「も、申し訳ございませんっ。私ったらつい……」

「構わない、気にしていない。それと、今日からこの屋敷は君の家でもあるゆえ、そんなに気を張る必要はない」

ルイスの言葉に、アルレットは目を丸くする。

(思ったより普通の反応……怒られるかと思っていたのに)

アルレットは、おそるおそる口を開いた。

「あの、ルイス殿下」

「殿下と呼ぶのはやめて欲しい。政略結婚といえど、夫婦になったんだ。敬称は必要ない」

「そんな、恐れ多いです」

アルレットが戸惑《とまど》う素振《そぶ》りを見せると、ルイスは不満そうな表情を浮かべる。

(怒らせてしまったかしら!?　ど、どうしよう……)

アルレットは焦《あせ》る。

だからといって「ルイス様」と呼ぶのは、なんとなく馴《な》れ馴《な》れしい気がする。

アルレットはしばらく考え、一つ提案してみることにした。

「で、では、旦那様とお呼びしてもよろしいでしょうか？」

「旦那、様……」

ルイスは固まってしまった。

（何かまずかったかしら……）

アルレットが黙ってルイスの様子を窺《うかが》うと……また、ルイスの頬が少し赤くなっている。

その上、心なしか小刻《こきざ》みに震えているようにも見えた。

（まさか、逆鱗《げきりん》に触《ふ》れてしまったとか……!?　それならなんとお呼びすればいいのかしら……。殿下？　ルイス様？）

なんと呼べばいいものかわからず、アルレットは言葉を詰まらせる。

「あ、あのっ」

「……ルイス」

突然呟かれた彼の名前に、アルレットはきょとんとしてしまう。

「はい？」

「ルイスで、いい……」

その言葉にアルレットは、黙る。

（ルイス様と呼ぶように、ということ？）

ルイスの真意がわからずアルレットが返答しかねていると、後ろに控えていたミランが口を開いた。

「アルレット様、ルイス様は照れていらっしゃるだけですので、気を揉《も》まれる必要はありません」

(照れていたのね……)

アルレットは失礼を承知で、ルイスをまじまじと見てしまった。

確かに頬は赤く、目も泳いでいる。

「ふふっ」

アルレットは、今度は盛大に噴《ふ》き出《だ》してしまう。

「っ、ミラン！　だから、余計なことを言うなっ」

「ですが、事実です」

声を荒らげるルイスに、ミランは冷静に返事をする。

先ほどから思っていたが、ルイスとミランは主従関係を超えて、随分《ずいぶん》と仲が良いようだ。

普通は、執事はこんなに主人と親しく接することはない。

二人の様子が微笑ましくて、アルレットはさらに笑みを深めた。

こんな風に誰かと会話をしながら食事をするのは、初めてだ。

実家では両親と妹と離れたテーブルを用意され、いつもそこで一人で食事をしていた。

少し離れたテーブルからは、両親や妹が楽しそうに会話をしているのが聞こえた。

幼い頃は淋《さび》しく感じることもあったが、それも次第に麻痺《まひ》して、何も感じることはなくなった。

今まで経験したことのない愉《たの》しい時間を過ごすことができて、アルレットは今、温かい気持ちでいっぱいだ。

そして、思った。

（シルヴィアは、ルイス様の何がそんなに不満だったのかしら。シルヴィアだけでなく、今までルイス様の婚約者候補として名前が挙がった令嬢たちも……）

確かにルイスは威厳があり、怖そうだし口調も厳しい。

でも少し話しただけだが、わかる。

（きっと彼は優しい人。不器用なのかもしれないけど……少し、私に似ているのかもしれない）

アルレットは、結局両親にも妹にもいいように使われて、どんなに不満があっても嫌でも、何も言えなかった。

『お姉さんなんだから』

あの言葉を思い出すだけで、嫌悪感《けんおかん》が湧《わ》いてくる。

妹のシルヴィアは甘えるのが本当に上手で、両親はそんなシルヴィアの言いなりになり、溺愛した。

アルレットはシルヴィアとは対照的ゆえに、感情表現が苦手で彼女のようには振る舞うことができず、両親からは可愛がられることが全くなかった。

（本当は、甘えたかった……でも、私には甘え方がわからなかった……）

だが、我慢をするばかりで何も言わなかった自分も悪いのだとわかっている。

（彼もきっと、同じ……）

自分と少し似ているルイスに、アルレットは親近感を抱《いだ》いた。

（ルイス様なら、こんな私でも受け入れてくれて……私と家族になってくれるかも、しれない）

そんな風に考えると、これから先の生活が愉《たの》しみだ。

アルレットは、ルイスを見ると笑った。


食事のあと、アルレットはミランに夫婦の寝室に案内された。

なんとなく身の置き場に困り、二人でも大きく思えるベッドの端に座る。

すると、しばらくしてガチャッと音がし、部屋の扉が開いた。

扉を開けたのは、言うまでもなくルイスだ。

アルレットは俯《うつむ》き、固まった。

（覚悟はしている……つもり。でも、やっぱり少し怖い）

急激に心臓が高鳴り、顔は火がついたように熱い。

（大体、先ほど抱きかかえられただけでも心臓が止まりそうだったのに、どうしたら……！）

ルイスが歩いてくる足音が、異常なほど大きく響いて聞こえる。

その足音は、ベッドに座るアルレットの前で止まった。

アルレットは反射的に目を瞑《つぶ》る。

それから、沈黙が流れた。

多分ものの数秒のことなのだろう。だがアルレットには酷《ひど》く長く感じる。

不意に、ルイスがアルレットを優しく抱き締めた。……そして、ゆっくりと離れていく。

「あ、の……」

おそるおそる瞼《まぶた》を開けると、目の前にはルイスの顔があった。

「ゆっくり休むといい。私は別室で寝る……おやすみ、アルレット」

それだけ言うと、ルイスはアルレットの額《ひたい》に軽く触《ふ》れるだけの口付けを落とし、部屋を出ていった。

ルイスはもういないのに、鼓動はおさまるどころか全身に響いて大きくなっているように感じる。

アルレットはルイスの唇が触《ふ》れた額《ひたい》に、手を当ててみた。

「恥ずかしすぎる……」

アルレットは一人で大きなベッドに横になった。本来ならルイスと一緒に眠るためのベッドだ。

「……」

思わず余計なことを想像してしまう。

だが、一方で安堵《あんど》する自分がいるのも事実だ。

アルレットは無理やり目を瞑《つぶ》り、眠ることにした。

翌日の早朝、アルレットは目を覚ますと、侍女に身支度《みじたく》を整えてもらい部屋を出た。

食堂へ向かったが、ルイスの姿はない。

(まだ起きていらっしゃらないのかしら……?)

アルレットが室内を見回していると、後ろからミランが近づいてきた。

「おはようございます、アルレット様。お食事の準備は整っております」

ミランに促《うなが》され、アルレットは椅子に座る。

用意されている食器は一人分のみだ。

「ミランさん、ルイス様はいらっしゃらないのですか？」

「ルイス様は本日、登城《とじょう》されております。それと、アルレット様。私のことはどうぞ、ミランとお呼びくださいませ」

ミランの言葉に、アルレットは肩を落とす。

（まだ薄暗い時間にもかかわらず、既《すで》に身支度《みじたく》をされ朝食をとられて、出かけているなんて。これでは、妻として失格だわ）

夫であるルイスより早く起きて、キッチリと身なりを整え見送りをするのは、妻として当然だ。

こんな調子では、いくら優しいルイスといえども、そのうち見放されるに違いない。

アルレットは、ここを追い出されたら行くあてがない。

シルヴィアならいざ知らず、離縁され実家に出戻るなど、あの両親が許してくれるはずもないだろう。

兎《と》にも角《かく》にも、ルイスは悪い人ではなさそうで安心した。

妻としての役割さえしっかりと果たせば、追い出されることはないだろうから、それなりにうまくやっていけるだろう。

（あとは、私の頑張り次第ね……それにしても、登城ということは、お仕事かしら）

ルイスは、第二王子でありながら、王宮の騎士団長を務めているという。

そのため登城《とじょう》すること自体はおかしくないのだが、アルレットが気になるのには訳があった。

ルイスの、ある噂を知っているからだ。

彼はあることをきっかけに自主的に城を出て、この屋敷で暮らすことにしたらしい。

彼が城を出た理由、それは――

（兄である王太子殿下が、婚約をしたから……）

王太子の婚約者は、二人の従姉《いとこ》のサンドラという女性だ。彼女は現国王の姉の娘で、侯爵令嬢。

噂によると、ルイスとサンドラは幼馴染で、ルイスはサンドラのことを慕《した》っており、兄と彼女の婚約に反発して城を出たらしい。

社交界では三《み》つ巴《どもえ》と称し、しばらくその話で持ちきりの時期があったのを覚えている。

さほど社交の場に顔を出さないアルレットの耳にも、嫌でも入るほどに。

となると、アルレットは代替えの代替えの妻……ということだ。

ルイスはサンドラとは結ばれることがないゆえに、結婚相手は誰でもいいのだろう。

そして最終的に回り回って選ばれたのが、妹のシルヴィア。

（そして……私はさらに妹の代わり……。だから昨夜も何もなかったのね）

ここまで来ると、悲しいというより笑えてくる。

「アルレット様、お加減が優《すぐ》れないのでしょうか」

ミランに声をかけられ、アルレットはハッと我に返った。

アルレットが考え事をしているうちに、目前にはいつの間にか朝食が綺麗に並べられていた。

ミランは、それらに手をつけようとしないアルレットを心配してくれたようだ。

「いえ、大丈夫です。いただきますね」

アルレットは焦《あせ》りながらも、笑って誤魔化《ごまか》す。

(昨夜も思ったけれど、流石《さすが》王族……)

無論、高位貴族である公爵家の食事だってそれなりのものだったが、それらとは格段に違う、一目見ればわかるほどに高級そうなものばかり。

(まあ、私に用意された食事は、両親や妹たちよりも質素《しっそ》だったけれどね……)

アルレットは心の中で苦笑しつつ朝食を食べながら、これからのことを考える。

たとえルイスにとっては代替品でも、実家にいるよりはいいはずだ。

「頑張ろう……」

思わず、アルレットはぽつりと口に出す。それに気付いたミランが首を傾げる。

「何か、おっしゃいましたか?」

「い、いいえ。何も……」

アルレットは、慌《あわ》てて焼き立てのパンの一欠片《ひとかけら》を、口に放り込んだのだった。

第二章

「ルイス様、お帰りなさいませ」

いつものように城から屋敷に帰ってきたルイスを、アルレットは笑顔で出迎えた。

屋敷に来てから半月と少し経ち、この生活にも慣れてきた。

相変わらずルイスは仏頂面《ぶっちょうづら》であまり笑顔を見せてくれないが、以前に比べるとだいぶ表情が柔《やわ》らかくなったように感じる。

ルイスは、アルレットをじっと見つめる。

「あぁ、ただいま」

(あれ、今ルイス様の口の端が……上がったような)

その瞬間、後ろに控えていたミランが息を呑む気配がして、アルレットは振り返る。

彼は、驚いた表情で固まっていた。

(珍しい……いつもミランは、穏やかな表情を崩《くず》さないのに。何かあったのかしら)

「どうかしたか、ミラン」

ルイスもミランを不審に思ったようで、僅《わず》かに穏やかだった表情をいつもの仏頂面《ぶっちょうづら》に戻して尋ねる。

ミランは動揺した様子のまま、口を開いた。

「い、いえ……それより、ルイス様、お食事の準備が整っております」

「そうか。……アルレット」

不意にルイスから名前を呼ばれたアルレットは、不思議そうに首を傾げた。

すると、彼はアルレットの前に跪《ひざまず》き、手に触《ふ》れた。

「ルイス様!?」

いきなりルイスに触《ふ》れられて恥ずかしくなり、顔が熱くなってしまう。

ルイスはというと、また唇の端を上げ、微笑んでいるように見えた。

「行こうか」

どうやら、ルイスはエスコートをしてくれるようだ。

アルレットはルイスの紳士的な振る舞いに感心し、彼を見上げた。

「はい、ルイス様」

アルレットはルイスに手を引かれて、屋敷の中へ入った。


それからアルレットはルイスとともに夕食を済ませ、二人で夫婦の寝室に戻ってきた。

ルイスは、今でも寝る前には別の部屋に行ってしまう。

だが、それまでの間二人で過ごすことが、最近の日課になっている。

ルイスはベッドに座り、本を読んでいた。アルレットはその横にちょこんと腰掛けると、彼の手元を覗《のぞ》き込《こ》む。

「ルイス様、何を読まれてらっしゃるのですか？」

「い、いや、これは」

ルイスは慌《あわ》ててその本を隠そうとするが、アルレットは見逃さなかった。

「……姫と騎士の恋物語？」

想像とまるで違った本の題名に、アルレットは目を丸くした。

（ルイス様が恋愛の御本を読んでいるなんて……もっと堅苦《かたくる》しい内容の本を読んでいる印象しかないのに……）

「その、違うんだっ、わ、私は……」

懸命《けんめい》にルイスは何かを言おうとするが、言葉を詰まらせる。

アルレットは、思わずくすっと笑い声を漏らした。

「どんなお話なんですか？」

顔を真っ赤にしているルイスに、アルレットは微笑みながら、そう聞いた。

「わ、笑わないか……？」

「勿論《もちろん》です」

既《すで》に笑っているアルレットは、急いで真剣な顔に戻す。

内心、恥ずかしがるルイスを微笑ましく思いながら、頬が緩みそうになるのを堪《こら》えた。

「そ、そうか」

ルイスはホッとしたように居住まいを正す。

「普段はこういった本は読まないんだ。だが、たまたま目に入り、気になった。最後まで読むつもりはなかったんだが……この本の主人公は……」

ルイスは本の内容を掻《か》い摘《つま》んで話し出した。

本の主人公はとある国の姫。彼女には、婚約者がいた。

それは隣国の騎士であり、王子だった。

月日は流れ、やがて二人は結婚する。

二人の婚約は政略的なものだったが、騎士は姫を心から愛した。

だが、実は姫には密《ひそ》かに想いを寄せる人がおり……それは、騎士ではなかった。

その想い人は、騎士の実兄だったのだ。

そしてその事実を知った、騎士は……

「騎士は、どうしたんですか……」

アルレットは息を呑み、ルイスの次の言葉を待つ。

彼は俯《うつむ》きながら、重々しく口を開いた。

「……姫を、殺して、自ら命を絶《た》った」

「そんな……」

ただの物語だとは、わかっている。

だが、アルレットの胸は締めつけられて苦しい。

「そんな結末は、悲しすぎます」

「……そうかもしれない。なら、どういう結末ならよかったのだろうか」

ルイスがそう言った瞬間、彼と目が合った。その目があまりにも真剣で、アルレットは戸惑《とまど》う。

「それは……」

(わからない……)

騎士は姫を心から愛していた。だが姫は騎士の兄を愛していた。

それなら、騎士の兄はどうだったのだろう？

もし兄が、姫を好いていたとしたら？

姫と兄が好き合っていたなら、二人が結ばれるのが、幸せな結末なのだろうか。

だが、それでは騎士があまりにも哀《あわ》れだ。

——本当は、アルレットには考えるまでもなく、答えがわかっていた。

姫は騎士と結婚し、彼の妻になった。本来ならば他の男性を想うなど赦《ゆる》されない。

それがたとえ、政略結婚だとしても。

もし、他に想いを寄せる男性がいたとしても、その気持ちは悟られぬように隠さなければならない。

「私は、姫が我慢するべきだったと……思います。そうすれば、誰も傷つかずに、幸せになれたと……」

「そうか」

ルイスはどこか安堵《あんど》したような表情を浮かべた。

そして少し躊躇《ためら》う素振《そぶ》りを見せたあと、口を開く。

「もしも、私が騎士で、君が姫だったならば……君は、その……私を選んでくれるか」

不安げに、ルイスは言った。まるで自身と騎士を重ね合わせているかのように。

心臓が、高鳴った。

(勿論《もちろん》です、と、そのように早く言わなくちゃ……)

だが、言葉が出ない。何故だか、即答できない。

アルレットは、返事をする代わりに微笑んだ。これが、精一杯だった。

だが、ルイスはそれを肯定と受け取ったらしく、微笑み返す。

「私と君の結婚も、政略的なものではあるが……その、今後も君とは良好な関係を築きたいと思っている」

顔を真っ赤にしてそう話すルイスを見て、アルレットは頷いた。

この半月、ルイスと一緒にいて、少しだけ彼のことがわかった気がする。

不器用だけれど、本当はとても優しくて、照れ屋だ。

そして、そんなルイスを見て、可愛いと思うこともある。

だから、妻として彼の願いを叶えてあげたいとも思う。

「そろそろ寝る。君も休むといい」

ルイスはそう言って、部屋をあとにした。

アルレットは、一人になった部屋のベッドに横になる。

目を閉じるが、なかなか眠れない。

「姫と騎士、か……」

なんとなく、先ほどのルイスとの会話が頭を過《よぎ》る。

アルレットがルイスに何も答えることができなかった理由は、彼が求めた結末が姫に我慢を強《し》いることだったからだ。

無論、アルレットだってそれが正しいとは思う。妻は夫を裏切るべきではない。

だが、心のどこかで、ルイスが騎士だとしたら、姫のために身を引くと言って欲しいと思った。

姫を本当に心から愛しているならば、騎士には彼女を殺《あや》めたり、我慢を強《し》いる選択をしたりして欲しくないと、思ってしまった。

それが正しいか間違っているかは、除《のぞ》いて。

アルレットは、後ろ向きになる思考を振り払うかのように、首を左右に振った。

ただの物語の話だ。こんなに深く考える必要などないだろう。

(もう忘れよう)

アルレットはきつく瞼《まぶた》を閉じ、今度こそ眠りに就《つ》いた。

そしてさらに、ひと月、ふた月と月日は流れ、アルレットが嫁《とつ》いできてから、三月《みつき》が経った。

ルイスとアルレットは、少しずつだが距離を縮めている。

最近のルイスは屋敷の執務室で事務仕事をこなしていることが多いようだったが、数日に一度は必ず登城《とじょう》する。

毎日忙しそうで休みの日はないようだが、空《あ》いた時間にはアルレットとのお茶の時間を作ってくれている。

今日も時間ができたらしく、アルレットをお茶に誘ってくれた。

今日は天気がよく、風も心地《ここち》よい。そのため、中庭で二人だけのお茶会を開くことにした。

しかし、二言三言《ふたことみこと》会話を交《か》わしてから、ルイスはどこか上《うわ》の空《そら》だ。

「ルイス様……？」

アルレットが名前を呼ぶと、ルイスはハッとする。

「すまない。少し考え事をしていた」

アルレットは「いいえ」と首を横に振り、彼を見つめた。

そして、思わずくすっと笑ってしまう。

「ルイス様。珍しいですね。口元にお菓子の欠片《かけら》がついています」

アルレットは立ち上がり、ルイスの口元についた欠片《かけら》をハンカチで丁寧に拭《ぬぐ》った。

「すまない。このような醜態《しゅうたい》を晒《さら》すなど、私としたことが……紳士たる者の行動ではないな」

「そんな……私は可愛らしくてよいと思います。ルイス様」

アルレットが微笑むと、ルイスは頬を赤くし、顔を背《そむ》けてしまった。

「ルイス様？」

「アルレット、何か欲しいものはないのか」

アルレットが首を傾げていると、ルイスは唐突に言った。

全く心当たりがなく、アルレットは回答に困る。

「欲しいもの、ですか？　特にはありませんが……」

「本当にないのか？　なんでもいいぞ。どんなものでも用意させる」

アルレットはしばらく考え込んだ。

だが、本当に望むものがない。

実家では妹に何かを欲《ほっ》されてばかりで、今はもう自分が欲《ほっ》する気持ちは消《き》え失《う》せてしまった。

しばらく視線を彷徨《さまよ》わせて……アルレットは、あるものを見つけた。

「……では、ルイス様」

「あぁ、なんでもいいぞ」

子供のように目を輝かせるルイスに、アルレットは告げる。

「あちらの花を一輪、私にください」

アルレットが指を差した先には、庭に咲いている花があった。

ルイスは何を言われたのかわからないとばかりに、きょとんとしている。

「花を、か？　いや、しかし、花ならここにいくらでもあるだろう。これでは贈り物にはならない」

ルイスは戸惑《とまど》ったように言うが、アルレットはにっこりと微笑んだ。

「ルイス様、私はこれがいいです。だめですか？」

「そ、そうか。わかった」

ルイスは躊躇《ためら》いながらも立ち上がると、無数に咲く花を厳選する。

たくさん植えられた花の中から、ルイスは長い時間をかけて一輪を選ぶと、アルレットのもとへ戻ってきた。

「アルレット、手を……」

ルイスがアルレットの手のひらにのせたのは、純白の花だった。

「ありがとうございます、ルイス様」

アルレットは嬉しくなって、受け取った花を胸に抱いた。

それからふと思い立ち、アルレットは椅子から立ち上がると、自分もまた花を一輪摘《つ》んで戻る。

そして、その花をそっとルイスへと差し出す。

ルイスの摘《つ》んだ花と同じ、純白の花だ。

ルイスは、目を瞠《みは》った。

「私に、か？」

「はい、ルイス様のために摘《つ》んできました」

アルレットがそう言うと、ルイスは今まで見せた中で一番、顔を赤らめた。

「いただこう。アルレット……その、ありがとう」

照れるルイスにアルレットも照れてしまう。

——そんな時だった。

「お話し中、失礼いたします。ルイス様にお客様がお見えでございます」

ミランが早足でやってきて、ルイスにそう伝える。

ルイスは「すぐ戻る」と言い残し、行ってしまった。

アルレットは少しそわそわする。

(客人って、誰なのだろう……)

アルレットはまだ、ルイスの知人や友人を紹介されたことがない。

(やっぱり、まだまだ妻としてルイス様に認《みと》められていないということかしら……折角《せっかく》距離が縮まったと思ったのに、これではだめよね……)

アルレットは、おもむろに立ち上がった。

「アルレット様、どちらへ」

怪訝《けげん》そうな顔をするミランを見て、アルレットは恥ずかしげに俯《うつむ》いた。

それを見たミランは、それ以上は何も言わなかった。

恐らく、ミランはアルレットが閑所《かんじょ》に行くと思ったのだろう。

騙《だま》したようで気が引けたが、好奇心のほうが勝《まさ》っていた。

アルレットはこっそりと正門へと向かう。

柱の陰に隠れると、ルイスの声が聞こえてきた。

それに、もう一人の声がする……女性のようだ。

距離があるため話の内容までは聞こえないが、女性が笑う声と「ルイス」と呼んでいる声は微《かす》かに聞こえた。

アルレットは物音を立てないように、そっと二人を覗《のぞ》き見《み》た。

ルイスの話し相手は、女性であるが眉目秀麗《びもくしゅうれい》という言葉がよく似合いそうな人で、同性のアルレットでも、見惚《みと》れてしまいそうだ。

「サンドラ」

ふと聞こえてきた名に、アルレットはハッとした。

(あの女性が、噂のサンドラ様……)

ルイスが恋慕《れんぼ》するのがわかった気がする。

あれだけの美貌《びぼう》の持ち主なら、男性なら誰でも夢中になってしまうだろう。

(ルイス様の表情、いつもより明るい気がする……。サンドラ様も、とても楽しそうに話している し。多分、彼女もルイス様のことを……)

アルレットは二人に気付かれないように、その場をあとにした。


その夜、アルレットとルイスは夫婦の寝室にいた。

いつものように二人はベッドに腰掛けて、何をするわけでもなく、たわいない話をしていた。

真剣に冗談のような話をするルイスに、アルレットは笑って相槌《あいづち》を打つ。

終始、和《なご》やかな空気に包まれている。

だが、ふと頭に不安が過《よぎ》った。

「ルイス様、お伺いしてもよろしいですか？」

「ん、なんだ」

「あの、その……」

アルレットは日中の出来事が気になるが、聞いていいものか悩む。

(でも聞きたい)

「アルレット？」

アルレットが口を開くことを躊躇《ためら》っていると、ルイスは心配そうに首を傾げる。

(以前聞いた噂話の、真相を確かめたい……)

ルイスが何故城を出てこの屋敷で暮らすことになったのか。

やはり原因はサンドラのことなのだろうか。

聞いたところでどうにもできないが、一応自分はルイスの妻である。気にはなるところだ。

だが――

「いえ……またにします」

「そうか。では、私はそろそろ休む」

ルイスはそう言い残すと、アルレットに背を向けた。

「あ……」

嫁入りして三月《みつき》経った今も、ルイスとアルレットはまだ初夜を迎えていなかった。

いつも話が終わると、ルイスは別室にて眠りに就《つ》く。

昼間のこともあり、アルレットは不安になっていた。

(私を抱かないのは、きっとまだルイス様は、サンドラ様のことを想っていて諦《あきら》められないから……)

もしかしたら、一生このままかもしれない。

いつまでも子ができないとなると、いずれ離縁されることもあるかもしれない。

アルレットは、深いため息をつく。

バタンッと、扉が閉まる音が、静まり返る部屋に響いた。

アルレットは、閉じきった扉を、しばらくの間眺めていた。

◆◆◆

ルイスは一人自室に戻ると、ため息をついた。

「今日も……できなかった……」

自分の情けなさに少し苛立《いらだ》ちを覚えながらも、ルイスはシーツの中に潜《もぐ》った。だが、眠れない。

「アルレット……」

そういえば、深刻な顔で、何か言いたげにしていた。

気になる。気にはなるが、あえて知らない振りをしてしまった。

彼女と向き合うのが、正直怖い。

もしも、嫌われてしまったら……そう考えるだけでどうにかなりそうだ。

アルレットと結婚して、三月《みつき》経つ。

だが、未だにアルレットを抱くことはおろか、まともに口付け一つできない。

初めて彼女と出会った、あの瞬間……

ルイスは、アルレットを一目見て、心奪われてしまった。

儚《はかな》い容姿にそぐわない強い眼差《まなざ》し……相反する二つを合わせ持つ、見目麗《みめうるわ》しいアルレット。

不思議な感覚だった。これが一目惚《ひとめぼ》れなのだと思った。

ルイスにとって、こんなことは生まれて初めてだった。

これまで、父である国王が選んだ婚約者たちが幾人も訪ねてきた。

どの女性も、同じに見えた。同じようなことを言い、同じような顔をした。

第二王子であるルイスに遠慮しているのはわかる。だが、理由がそれだけでないことも、わかっている。

ルイスは愛想よくすることが、昔から苦手だ。

いつもぶっきら棒《ぼう》になり、うまく感情を表せない。

おまけに口下手《くちべた》だ。救いようがないと我ながらに思う。

その振る舞いに、女性たちは怯《おび》えたような目を向けてきては、作った笑みを浮かべた。

彼女たちは心にもないことをつらつらと、いかにも愉《たの》しげに見えるように話す。

だが、ルイスが見向きもしないとわかるや否《いな》や、急に黙り込み簡単に諦《あきら》める。

そして、時には顔を真っ赤にして怒った表情を浮かべ帰る者や、急に泣き出す者すらいた。

ルイスも初めこそ相槌《あいづち》くらいは打っていたが、何度も同じことが繰り返されるうちに、それすら面倒になりやめた。

(どうせ、どの女もすぐに嫌になり、来なくなる。いちいち気を遣うだけ無駄だ)

ずっと、そう思い続けていた。

『ルイス殿下の婚約者になった令嬢は、皆一様に、急に不治《ふじ》の病《やまい》になったり、行方不明《ゆくえふめい》になったりする』

社交界では、そんな下らない噂が流れていることは知っていた。

だがそれで構わないと、結婚などする必要はないと、開き直っていた。

別にルイスが王位を継ぐわけではない。子ができずとも問題はないはずだ。

その思いは、そのまま父にも伝えた。

王太子の兄には婚約者がいるし、そのうちに結婚もするだろう。

そうなれば当然、子だってできる。

それに、兄は自分に比べ、女性から兎《と》に角《かく》人気がある。

兄は愛想もいいし、紳士的で優しい。

容姿も文句なしで、弟の自分から見ても美男子だと思う。

彼が王位を継げば、側妃《そくひ》や愛妾《あいしょう》になりたがる女はいくらでもいるだろう。

……最悪、兄に後継ぎができなくても従兄《いとこ》だっている。

ゆえに、ルイスが結婚するかしないかなど、取るに足らない問題だ。

――彼女が現れたのは、そんな時だった。

アルレットが屋敷を訪ねてくる数日前、『クライン公爵の長女と結婚が決まった。既《すで》に手続きは終えている。数日後嫁《とつ》ぐゆえ、観念するように』ということだけが書かれた手紙が届いた。

婚約をすっ飛ばしいきなり結婚するなど、意味がわからない。全て事後承諾《じごしょうだく》だった。

どうせ、彼女を逃したら次はないと父が思い、彼女が逃げられないように、まだ会ったことすらないのに結婚をさせられたのだろう。

正直興味はなかった。相手など誰でもよかったが、面倒事だけは起こされたくなかった。

兎《と》に角《かく》関わらないようにと、ルイスは考えていたが……

アルレットは、これまでの女性たちとまるで違った。

(まさか、自分の妻に一目惚《ひとめぼ》れをするとは……)

彼女と同じ時間を過ごせば過ごすほど、深みにはまるような感覚に陥《おちい》る。

ちょっとした仕草に見惚《みと》れて、目が釘付けになってしまう。

今日も、ただ庭の花をあげただけなのに、とても嬉しそうに微笑む姿が堪《たま》らなかった。

アルレットのように清廉《せいれん》な印象の、純白の花。

庭にはたくさんの花がありすぎて、どれを選べば彼女が喜んでくれるかわからなかったが、それを渡せてよかったと思う。

そのあと、ルイスのために摘《つ》んだと、アルレットが同じ花をくれたことには歓喜した。
人生で花をもらったことは初めてだったが、こんなに嬉しいものだとは思わなかった。
どんな高価な品物よりも嬉しかった。
……本心では、毎晩でも彼女を抱きたい。
ベッドに組み敷いて、彼女の全てを堪能したい。
彼女の身も心も、手に入れたい。
だが、どうしてもできずにいる。
いざアルレットを目前にすると、情けないが、身体が動かない。
ルイスは額《ひたい》に手を当て、拳《こぶし》を握り締めた。
「アルレット……私の……」
ルイスの掠《かす》れた声は、静かな部屋に虚《むな》しく響いた。

第三章

数日後、アルレットは登城《とじょう》するルイスの姿を見送った。

だが、サンドラが屋敷を訪れた日から、アルレットはルイスが出かけていく時はいつも不安に包まれる。

ルイスの馬車が見えなくなっても、アルレットはしばらく立ち尽くしていた。

「……」

「アルレット様、お茶をお淹《い》れいたします。本日は天気もよろしいですし、中庭にでもお運びいたしましょうか」

ミランは、アルレットをいつも気にかけてくれていた。

彼の気遣いを、アルレットは素直に嬉しく感じる。

「ええ。ミラン、いつもありがとう」

「勿体《もったい》ないお言葉です」

アルレットとミランが中庭へ向かおうとした、その時。

「これは愛らしいね。僕の好みだなぁ」

「きゃっ……」

突如《とつじょ》目の前に現れた青年に、アルレットは驚いて跳《は》ねた。

「あ、驚かせちゃったね。ごめんね？」

「……エラルド様、ルイス様ならもうお出になられましたが」

ミランはアルレットを背に隠し、飄々《ひょうひょう》としている青年との間に盾になるようにして立ってくれる。

どうやら、ミランはこの青年と知り合いらしい。

エラルドと呼ばれた青年は、軽く笑った。

「そんな怖い顔しないでよ。相変わらずミランは忠犬だねー」

（忠犬？）

アルレットは、変な物言いをするエラルドを奇妙な顔で見た。

すると目が合い、ウィンクをされる。

思わずアルレットは後退《あとずさ》った。

（変な人……）

ぽかんとするアルレットとは対照的に、ミランは厳しい表情を崩《くず》さない。

「もう一度申し上げます。ルイス様はいらっしゃいません。お引き取りを」

「えー、これからお茶するんだよね？　僕も交《ま》ぜてよ。ね？　いいでしょう？　アルレットちゃん」

エラルドに名前を呼ばれ、アルレットはますます身を縮めた。

勿論《もちろん》、アルレットは名乗っていない。お茶に交《ま》ぜるように要求してきたということは、どうやらエラルドは、二人の話を聞いていたようだ。

「あ、そうだ。ルイスの話をしてあげるよ。僕はね、ルイスの昔からの友人なんだ。君の聞きたいこと、なんでも教えちゃうよ～？」

「エラルド様！　勝手なことをされますと困ります！」

ミランは止めに入るが、アルレットはエラルドの言葉に興味を抱《いだ》き、目を輝かせた。

（ルイス様のことを、なんでも教えてくれるなんて……）

「アルレット様、このような輩《やから》の口車《くちぐるま》に乗せられてはなりません！」

「ミラン……君、一応執事の癖に、随分《ずいぶん》口が悪いね」

そう言うエラルドを、ミランは鋭《するど》く睨《にら》みつける。

「私の主人はルイス様とアルレット様です。あなたは関係ございませんので」

ミランとエラルドの攻防戦をよそに、アルレットは嬉々として言う。

「ミラン。私、エラルド様とお話がしたいです」

その言葉に項垂《うなだ》れるミランを、アルレットは不思議そうに見た。

それから三人は、中庭に移動することになった。

白いテーブルと椅子に、アルレットとエラルドは向かい合って座る。

テーブルの上にはお茶の他に色とりどりのお菓子が並び、辺《あた》りには甘い香りが漂《ただよ》っている。

ミランは少し離れて待機しながら、時折エラルドを見張るように視線を向けていた。

エラルドは腰を落ち着けると、微笑みながら口を開く。

「じゃあ、まず初めに僕の自己紹介をしようかな。僕の名前はエラルド。二十一歳、公爵家の生まれで、こう見えて騎士団の副長をしてるんだ」

「騎士団の副長ですか？」

「そう君の旦那様の部下だよー」

アルレットはエラルドの言葉を聞いて、ハッとした。

「あの、いつもルイス様がお世話になっております」

「ハハッ」

普通、妻なら夫の部下に挨拶《あいさつ》をするべきだと思ったのだが、エラルドは可笑《おか》しそうに笑った。

アルレットは眉をひそめる。

「あの、私、何か可笑《おか》しいこと言いましたか？」

「え、あぁ。だってさ、僕とルイスは上官と部下だけど幼馴染であり友人であり従兄弟《いとこ》で、ずっと昔からの付き合いなんだよ。それなのに、いくら奥さんといえど、たかだか知り合って数か月の人間から、そんな挨拶《あいさつ》されたらねぇ？」

エラルドの言葉にアルレットは恥ずかしくなり、顔が熱くなるのを感じて俯《うつむ》いた。

彼はそんなアルレットを置いてけぼりに、さらに言い募る。

「君さ、ルイスのことをどれだけ知ってるの？　ルイスが剣を振るう姿、見たことある？」

アルレットは、ルイスが剣を握っている姿を見たことがなかった。

ルイスは仕事の話を、アルレットに一度たりともしたことがない。それどころか、一緒に出かけることすらない。

アルレットは、屋敷の外に出してもらったことがなかった。

（普通なら、稽古場《けいこば》などに連れていってもらうものなのかしら……）

アルレットは不安になりながら、首を左右に振った。

「いえ……ルイス様が事務仕事をなさっているのは、何度か拝見したことはありますが」

「そうなんだ？　むしろ、僕にはルイスが事務仕事する姿って想像できないな」

エラルドは得意げな表情でそう言ったあと、ルイスについて話し始めた。

エラルドによると、ルイスは二歳で初めて剣を持ち、七歳になる頃にはその腕は大人顔負けだったという。

成長した今はさらに腕を上げ、この国で敵《かな》う者はいないと言われるほど。

そして、ルイスは事務仕事があまり好きではないらしい。

それを聞いて、アルレットはこれまで見てきたルイスの印象とは正反対のように思えた。

毎日机に張りつき仕事をこなす姿しか、アルレットは知らない。

ルイスはまだ十八歳だ。その若さで、普通は騎士団長の役職になど就《つ》けない。

ゆえに、ルイスは実力でというよりは、第二王子という立場であるから騎士団長の役職に就《つ》いているとばかり思っていた。

(私はルイス様のことを、何も理解していない。それなのに妻を名乗るなんて、おこがましいのかも……)

その後もアルレットが知らないルイスの話を、エラルドからたくさん聞いた。

全てが知らないことばかりで言葉が出ない。

黙り込んだアルレットを見て、エラルドは首を傾げる。

「アルレットちゃん？　大丈夫？」

「……はい」

アルレットが弱々しく頷くと、エラルドは肩を竦《すく》めた。

「ルイスも酷《ひど》いよねー。何もアルレットちゃんに話してあげないなんて。ルイスって昔から警戒心が強いから、なかなか人を信用しないんだよ」

アルレットの心臓が跳《は》ねた。

(私は、ルイス様に信用されていない……？)

ルイスはぶっきら棒《ぼう》だが優しく接してくれた。普段は仏頂面《ぶっちょうづら》だけれど、たまに笑ってくれる。髪を撫でて抱き締めてくれた。

あれらは全て、夫だから義務としてやっていたというのだろうか。

(それとも、やっぱりあの人の代わり？　……でも、それなら納得できるかも)

未だにルイスは、アルレットを抱かない。

(信用されていないから。愛されてないから。私は代替品でしかない、から……)

アルレットは眩暈《めまい》がするようだった。

たとえ誰かの代わりだとしても、ルイスとならうまくやっていけると希望を持っていたが、そう思っていたのは自分だけだったのかもしれない。

「エラルド様、お戯《たわむ》れはその辺にしていただけますか？　ルイス様に報告いたしますよ」

アルレットの様子を見かねたミランが、エラルドを止めた。

エラルドは眉根を寄せる。

「あー、それは困るなぁ。また説教されるのイヤだし。ってことで、アルレットちゃん、今日はここまでねー」

エラルドは立ち上がると、座っているアルレットの横までやってきた。

「じゃあ、またね〜」

エラルドがそう言った瞬間、テーブルに置かれていた彼の手がケーキの皿に当たり、ひっくり返った。

そしてそれは、アルレットのドレスの上に落ちる。

(これって、まさかわざとじゃ……)

アルレットは固まってしまった。

先ほどから嫌というほど、エラルドから嫌みを言われていることは感じている。絶対にわざとやったに違いない。

「アルレット様！　大丈夫ですか!?　只今拭《ふ》くものをお持ちいたします」

ミランはエラルドを睨《にら》むと、血相を変え、屋敷の中に布巾を取りに行った。

「ごめんね？　大丈夫かな？」

エラルドはやはり悪びれる様子もなく、口元に薄く笑みをたたえてアルレットの顔を覗《のぞ》き込《こ》んだ。

アルレットはエラルドの様子に引き気味になりながらも、冷静に答える。

「はい、少し汚れただけですから……」

その途端、エラルドは今までとは違う、不敵な笑みを浮かべた。

「ずっとミランが見張ってるからさ……やっと二人になれたね」

「エラルド様……？」

どこか不気味なエラルドの表情を見て、思わずアルレットはのけ反った。

「……サンドラを、知っている？」

エラルドが唐突に口にした名前に、アルレットの心臓は跳《は》ねた。

動揺を滲《にじ》ませたまま、アルレットは答える。

「ルイス様の、従姉《いとこ》です……」

「じゃあ、噂は？」

アルレットは、静かに頷いた。

エラルドはそれを確認すると笑う。

「次の五日の日に騎士団が夜会を開く。そこにサンドラも参加するんだ。……アルレットちゃんもおいで」

アルレットは戸惑《とまど》った。エラルドの意図が読めない。

（私を夜会に参加させて、何がしたいの？　ルイス様とサンドラ様の仲睦《なかむつ》まじい姿を見せつけて、形ばかりの妻の私に恥でもかかせたいのかしら……）

だが、そんな恥じらいよりも、今はルイスとサンドラの関係を知りたい気持ちが勝《まさ》っていた。

アルレットは、躊躇《ためら》いながらも頷く。

その様子を見たエラルドは、口の端を吊り上げた。

「いい子だね。じゃあ、こうしようか。もしも、ルイスのほうから君を連れていくと言ったら、アルレットちゃんはそのままルイスとおいで。でも、もしルイスが一人で出かけていった時は、僕が君を迎えに行くよ」

「わかりました」

「あと、この話は僕と君だけの秘密だよ」

エラルドは人差し指を立てると口元に持っていき、愉《たの》しそうに笑った。

話がちょうど終わった頃、ミランが布巾を手にして戻ってくる。

それを見たエラルドは、入れ違いに帰っていった。

ミランはアルレットのドレスを丁寧に拭《ふ》きながら、心配そうに聞く。

「アルレット様……エラルド様から何かされたり、言われたりなさっていませんか？」

「いえ……」

アルレットは、曖昧《あいまい》に返事をすることしかできなかった。


「ルイス様、お帰りなさいませ……」

エラルドが帰って日が落ちた頃、ルイスが屋敷に戻ってきた。

いつも通りアルレットは彼を出迎えるが、そこに笑顔はない。

「アルレット、ただいま」

ルイスがアルレットに答えるが、その場には気まずい空気が漂《ただよ》う。

ふと、ルイスはポケットに手を入れると、何かを取り出した。

彼は、しばらくその取り出したものを眺めている。

(何かあったのかしら……)

アルレットが不安になりながらルイスの様子を見守っていると、彼は意を決したように口を開く。

「アルレット……て、手を、出してもらえるか……」

「……手、ですか？」

つっかえながら言葉を発するルイスに、アルレットは言われた通りおずおずと手を出した。

アルレットの手のひらに置かれたのは、片方の小さな耳飾りだった。

「あの、これは……綺麗」

手のひらの上で宝石が蒼《あお》く光っている。

ルイスの蒼《あお》い瞳によく似ていると、アルレットは思った。

思わず頬が緩む。ルイスを見遣《みや》ると、照れているのか、頬が赤い。

「私が、つけよう」

ルイスはアルレットの手のひらから耳飾りを取ると、右耳につけてくれた。

「あ、ありがとうございます」

なんだか、気恥ずかしくなり、アルレットは落ち着かない。ルイスも同様のようだ。

ふと疑問が浮かんで、アルレットは彼に尋ねる。

「あの、でも、何故片耳なのですか？」

「あー……それは……」

ルイスは気まずそうに顔を背《そむ》ける。

その時に、アルレットは彼の左耳に光るものを見つけてしまった。

ルイスはアルレットの視線に気付き、素早く左耳に手を当てるが、時既《すで》に遅し。

アルレットはしっかりと、それを見ていた。

「ルイス様、それはいただいたものの片割れですか？」

焦《あせ》るルイスをよそに、アルレットはふふっと笑った。

「お揃《そろ》いですね」

アルレットはなんだかむず痒《がゆ》い心地《ここち》を抱《いだ》きながら、ルイスを見る。

「ま、まあ。そうだな……それより食事にしよう」

ルイスは咳払《せきばら》いをすると、アルレットの腰に手を回した。

そのまま二人は食事をとるため、屋敷の奥へと進んでいった。

二人は食卓に着くと、アルレットはルイスと談笑しながら、食事を愉《たの》しむ。

ルイスも微笑を浮かべていた。

とても愉《たの》しい時間ではあるが、アルレットはエラルドが言っていたことが気になってしまい、つい手が止まってしまう。

「どうかしたのか」

ルイスはアルレットの様子が少し違うことに気が付き、問いかけた。

「い、いえ……」

動揺しているのを悟られないように、アルレットは首を横に振った。

普通、夜会には夫は妻を従えていくものだ。開催が次の五日となれば、日も迫《せま》っている。

誘ってもらえるのであれば、今日でもおかしくないくらいだ。

「ルイス様……」

アルレットは自分から聞いていいものかと、悩む。

ルイスをちらりと見遣《みや》ると、目が合ってしまった。

「どうした？　やはり何かあるのか」

不思議そうなルイスには、夜会のことを話題に出す素振《そぶ》りは全く見られない。

「……なんでもありません」

アルレットは弱々しく微笑んで、その場を誤魔化《ごまか》した。


いつものように食事を終えた二人は、寝室で談笑していた。

だが、アルレットはやはり落ち着かない。

「アルレット」

不意にルイスに名前を呼ばれ、アルレットは我に返った。

どうやら、暫《しば》しぼうっとしていたようだ。アルレットは慌《あわ》てて返事をする。

「は、はい」

「……もしかすると、本当は耳飾りが気に入らなかったのか？」

肩を落とすルイスに、アルレットは勢いよく首を横に振る。

「ち、違います！　そんなことありません。とても、気に入っています」

アルレットは微笑みながら、自身の耳に触《ふ》れた。

ルイスは安堵《あんど》したような表情を見せると、遠慮がちに頭を優しく撫でてくれる。

「そうか。無理に言う必要はないが、何かあるなら、いつでも話は聞こう」

「……ありがとうございます」

優しいルイスの仕草に、アルレットは自然と笑みが零《こぼ》れた。

（エラルド様には行くと言ってしまったけれど……ルイス様も何か考えていることがあるはずよね。ルイス様が私を夜会には連れていかないと判断しているなら、今回は諦《あきら》めたほうがいいかも。エラルド様には悪いけれど……）

そう思うと、アルレットの気持ちは少し軽くなった。

◆◆◆

耳飾りをアルレットに贈った、翌日。

ルイスは城に向かう馬車の中で、昨夜のことを思い出していた。

アルレットは、思いの外《ほか》プレゼントを気に入ってくれた様子だった。

しかも、お揃《そろ》いだと喜んでくれた。

（……あれは反則だ。可愛すぎるだろう……）

昨夜から頬が緩むのを抑えられない。

――だが、それも馬車を降りた瞬間おさまることとなる。

何故なら、目前の壁に寄りかかる、王太子である兄、レーヴァンの姿があったからだ。

どうやら彼は、ルイスを待っていたらしい。

「兄上、何故……」

「ルイス、暇だろう？」

（何故暇だと決めつけるのか。そもそも私が登城《とじょう》するのは仕事があるからだ。何を言っているのだろうか、この人は……）

ルイスはそう思いながら、丁重に断ることを決める。

「……いえ、これから鍛錬《たんれん》がありますので」

「今日は休め」

「は？　何を言って……」

「少し付き合って欲しいんだ」

これはお願いではなく、命令だ。

兄の命令は、昔から絶対。ルイスに拒否権はない。

ルイスは深いため息をつくと、先ほどからこちらを見て固まっている騎士団員のオスクを見た。

オスクはルイスを慕《した》っており、ルイスが登城《とじょう》する際は決まって出迎えに来てくれる。

今日の彼はかなり緊張している様子だ。何しろ未来の国王陛下が目の前にいるのだ、無理もない。

ルイスは肩を竦《すく》めながら、オスクに告げる。

「……ということだ。オスク、今日は行けそうにない。エラルドに伝えてくれ」

「は、はい！　失礼いたします！」

勢いよく頭を下げ、オスクは走り去った。

レーヴァンはそれを見届けると、平然と歩き出した。ルイスはその後ろをついていく。

……昔からそうだった。ルイスはずっとレーヴァンの後ろを歩いてきた。

多分これからもずっと、それは変わらないだろう。

ルイスに不満などないが、なんとなくもやもやとすることもある。

ほどなくして着いた先は、中庭にあるガゼボだった。既《すで》にお茶の準備がされている。

側《そば》にはレーヴァンの執事のヨゼフが立っており、彼はルイスに気付くと丁寧にお辞儀《じぎ》をした。

その身のこなしは実に洗練されている。

流石《さすが》レーヴァンの執事だ。些細《ささい》な身のこなし一つとっても、よく訓練されていた。

レーヴァンは満足そうに微笑むと、ヨゼフに声をかける。

「ありがとう、ヨゼフ。もういいよ。下がれ」

「失礼いたします」

ヨゼフは再び丁寧にお辞儀《じぎ》をすると、その場を去っていった。

人払いをするということは、どうやら二人だけの内密な話があるらしい。

ルイスはレーヴァンの向かい側に座る。

「兄上、用件はなんですか？」

「まあ、そう急《せ》かす必要はないだろう？　時間はたっぷりある。たまには兄弟水入らずで会話を愉《たの》しもうじゃないか」

昔から二人でいると、常にレーヴァンが主導権を握っている。

ルイスはため息をつくと、諦《あきら》めて用意されていたお茶に口をつけた。

「最近はどうだい？」

レーヴァンに聞かれて、ルイスは眉根を寄せた。

（どうだい、とは、また抽象的な質問だな……）

おおよそ、何を聞きたいのかは見当がつくが、あまり言いたくない。

「……特に何もありません。普段と変わらないです」

「そんなことはないんじゃないかな。だって君、まだまだお盛《さか》んな新婚さんだろう？」

「っ……ゴホッ」

ルイスはお茶を噴《ふ》き出《だ》しそうになって咽《む》せてしまう。

（確かに新婚ではあるが、お盛《さか》んは余計だ。この人はなんてことを言うのか……！）

ルイスはこの手の話がものすごく苦手だ。嫌な汗が顔を伝っていく。

その反対にレーヴァンは爽《さわ》やかな笑みを浮かべたまま、サラリととんでもないことを言ってのける。

「ルイスは淡白そうだからね。ちゃんとアルレット嬢を満足させられているかい？　いや、でも君もまだ十八の男で発散したい盛《さか》りだよね。逆にアルレット嬢にあんなことやこんなことまでしてたりしてね？　あまり激しすぎると嫌われちゃうよ」

（……最悪だ。そういうことが言える神経の図太さを、少し分けてもらいたい）

レーヴァンはこの手の話が大好物だ。というよりも、揶揄《からか》うことが好きな人だ。話し出したら兎《と》に角《かく》止まらない。

（大体、激しすぎるも何も、まだ初夜すら済んでいない。最初の夜に紳士を気取って手を出せず……それからは機会を逃してしまっている。まさか『抱いていいか？』とは言い出せない。格好がつかない）

まさに行き詰まりの状態だった。

口付けすらまともにしていない。額《ひたい》と頬に口付けるのが精一杯だ。

（こんな話を、もし兄上に知られでもしたら……面白がられないわけがない）

ルイスは平静を装《よそお》いながら、静かに口を開いた。

「兄上には関係ありません。そういうことは夫婦の問題なので、口を挟まないでください」

ルイスは満点の返答をしたつもりだった。だが、レーヴァンには効果がなかった。

「なるほどね。まだ抱いてないのか」

ルイスは今度こそお茶を噴《ふ》き出《だ》した。

「な、何故……そんな、こと……」

「顔を見たらわかるよ。相変わらず僕の弟はウブだね。もしかして、筆下ろししてから……一回もしていないとか？」

図星だった。

王族や貴族の通過儀礼として、いくつか年上の侍女と閨《ねや》を共にした。

その後は、どうしても好きでもない女性を抱くことに抵抗があり、誰かと関係を持つことはなかった。

（だが、今は愛する女性ができた。許されるなら、今夜にでもアルレットを抱きたい）

ルイスの心中など知らず、レーヴァンは愉《たの》しげに話し続ける。

「流石《さすが》に驚いたな。ある意味すごいね。我慢は身体によくないよ」

「兄上。一体なんの話をしているんですか。そろそろ本題に入っていただいてもよろしいですか？」

レーヴァンが、自分の困っている様子を見て愉《たの》しんでいるのは明白だったため、ルイスは会話を断ち切った。

「そうだね。そろそろ可愛い弟で遊ぶのは終《しま》いにしようかな？」

レーヴァンはそう言って、口の端を吊り上げた。

（やはり……）

ルイスは苛立《いらだ》ちが湧《わ》き上《あ》がるのを感じたが、どうにか耐えた。

ここで何か言えば話が長くなり、レーヴァンが喜ぶだけだ。

ルイスが無言で兄の次の言葉を待っていると、レーヴァンは笑みをたたえる。

「数日後、騎士団の夜会があるだろう？　そこにアルレット嬢を連れておいで」

「アルレットを？　何故ですか」

ルイスが首を傾げると、レーヴァンは目を細める。

「じゃあ、逆に聞くけど。君は何故妻を迎えたにもかかわらずお披露目《ひろめ》をしないの？　もう、三月《みつき》になるだろう」

その言葉にルイスは黙り込んだ。

自分でも何故だかわからない。

貴族は、一般的には結婚して妻を迎えたら社交界にてお披露目《ひろめ》をする。例外はない。

「ルイス、君は何がしたいんだい」

(私は、何がしたいのだろうか)

ルイスの頭は混乱していた。

まさか、そんなことをレーヴァンに言われるとは思いもしなかった。

ルイスはしばし逡巡《しゅんじゅん》したあと、おもむろに口を開く。

「私は、アルレットを……見られるのが怖いのかもしれません」

「見られる？」

「あの笑顔が他の男に向けられるのが、耐えられない。他の男たちが彼女を汚《けが》れた目で見るのが、許せない」

ルイスが声を震わせ俯《うつむ》くと、レーヴァンの冷たい声が降《ふ》り注《そそ》いだ。

「……君は彼女を籠《かご》の鳥にしたいのかな。お披露目《ひろめ》もしない上、外出も禁止しているらしいな。終《しま》いには、まだ手付かずのまま。彼女を飼い殺しにするつもりか？　彼女は君の所有物ではない」

「っ……」

ルイスは何も言わず席を立つ。レーヴァンの鋭《するど》い視線が突き刺さった。

「ルイス……まだ話は終わってないよ」

「失礼します」

「ルイス！　待ちなさい……待つんだ！」

ルイスはレーヴァンの言葉を無視して、中庭を去った。

◆　◆　◆

足早に去っていくルイスの背中を見て、レーヴァンはやれやれと肩を竦《すく》めた。

レーヴァンは、弟がいつ迎えた妻をお披露目《ひろめ》するのか待っていたが、一向にその様子がなく不思議に思っていた。

そのため、仕方がなくルイスの近辺を調査するように部下に命じた。

すると、ルイスがアルレットを軟禁《なんきん》している事実がわかった。

（本人に自覚はないだろうが……）

レーヴァンはため息をつくよりほかなかった。

「困った弟だ……」

第四章

「ではアルレット、行ってくる。帰りは遅くなると思う。君は、先に寝ていてくれ」

「はい、ルイス様。お気をつけて、行ってらっしゃいませ」

エラルドが言っていた、夜会の当日。

ルイスは屋敷を出て、馬車に乗り込んだ。

結局ルイスは、アルレットを夜会には連れていかなかった。

彼がそうすることはなんとなくわかってはいたが、少しだけ心のどこかで期待していたため、アルレットは落胆《らくたん》した。

ルイスが出かけた直後、屋敷の門の前にはエラルドが現れる。

「アルレットちゃん、お待たせ」

「エラルド様……待っていません。私、行きません」

頑《かたく》ななアルレットに、エラルドは目を丸くした。

「どうしたの？　行く約束したよねー？」

「……そうですけど。やっぱりだめです。行けません。ルイス様の意思に反します」

サンドラが来るとわかっているので、不安がないと言えば嘘になる。

だが、アルレットはルイスを信じると決めていた。

すると、控えていたミランが、アルレットを庇《かば》うように前に立った。

「エラルド様、お引き取りください。またルイス様がいらっしゃる時にいらしてください。勝手にアルレット様を連れ出すなど、あり得ません」

「えー、せっかく来たのにさー。ミラン、酷《ひど》くない？」

「……お引き取りください」

ミランは門を閉め、エラルドを追い返そうとする。

だが、その手が止まった。

「アルレット嬢」

突然名前を呼ばれたアルレットは、声のしたほうを見る。

すると、そこには見知らぬ青年が立っていた。

蒼《あお》の瞳を持ち整った顔立ちで、スラリとした立ち姿。所謂《いわゆる》美青年だ。

その美男子はにっこりと微笑みながら、口を開いた。

「初めまして、アルレット嬢。僕はレーヴァン」

「何故、王太子殿下がここに……」

ミランは驚いて声を上げたあと、すぐに跪《ひざまず》く。

その様子を見て、アルレットは呆気《あっけ》に取られて立ち尽くした。

(王太子殿下ということは、ルイス様のお兄様……!?)

レーヴァンを見つめることしかできないアルレット嬢の目前で、レーヴァンとミランは会話を続ける。

「ミラン、久しぶりだね。実はね、今夜アルレット嬢をお借りしたいんだ」

「殿下、それは流石《さすが》に……」

「大丈夫だよ。夜会にお連れするだけだから」

そう言ったレーヴァンは、アルレットに視線を向けた。

レーヴァンと目が合った瞬間、アルレットは我に返り、急いで正式な礼をとる。

「お初にお目にかかります、殿下。ルイス様の妻のアルレットでございます。ご挨拶《あいさつ》が遅れましたこと、どうかお許しくださいませ」

「アルレット嬢、そんなに固くならなくて大丈夫だよ。僕は君の義兄だ。普段通りで構わないから。あと、僕のことはお義兄様《にいさま》と呼んで欲しいな」

レーヴァンは、おどけたようにそう言った。

いくらルイスの兄だろうが、王太子であるレーヴァンを「お義兄様《にいさま》」と呼ぶなど、そんな無礼なことができるはずがない。

「殿下……そんな、恐れ多いことです……」

アルレットが困った顔でレーヴァンを見ると、彼は満面の笑みを返してきた。

「そうか……じゃあ、しょうがないね。レーヴァンでいいよ」

アルレットは固まった。

（何故、さらに難度を上げてくるの……。もしかして、『可愛い弟を誑《たぶら》かす悪い嫁のお手並み拝見』ということなのかしら。所謂《いわゆる》洗礼を受けるとは、こういうこと……？）

アルレットの頭の中は、混乱しきっている。

（殿下、お義兄様《にいさま》、レーヴァン様……なんと呼ぶのが正解なの？　実は全ての選択肢が引っかけで、正解は別にある？　とか……。服従の意味を込めて、将来の、陛下……とか……わからないわ）

アルレットの頬を、嫌な汗が伝った。

「ハハッ……すごく警戒しているね。大丈夫だよ。とって食ったりなんてしないから。可愛いね」

レーヴァンの言葉に、アルレットは恥ずかしくなり俯《うつむ》いた。頬が少し熱い。

彼は笑みを絶《た》やさず、ミランを見据《みす》える。

「ということで、アルレット嬢は借りていくよ」

「殿下……しかし」

ミランはなおも食い下がった。

あくまでミランの主人はルイスであるため、彼の許可なくアルレットを外に出すのは憚《はばか》られるのだろう。

「くどい。僕が連れていくと言っているんだ。異論は許さない」

レーヴァンがそう言った瞬間、空気が張り詰める。

先ほどまでの穏やかな雰囲気は消《き》え失《う》せ、代わりに威圧感に包まれた。

（これが……王太子殿下。兄弟なのに、ルイス様とは雰囲気が全然違う）

アルレットは圧倒され、萎縮《いしゅく》してしまう。

レーヴァンはアルレットのもとへ来ると、跪《ひざまず》いて手を取った。

「殿下⁉」

アルレットは思わず手を引いてしまったが、レーヴァンは余裕のある雰囲気を崩《くず》さない。

「今日は僕がルイスの代わりだからね。僕がアルレット嬢をエスコートするよ。もしかして、嫌、とか？」

（この人……わざと、そのような聞き方をして……）

王太子のエスコートを断れるはずがない。

アルレットは慎重に言葉を選ぶ。

「いえ、そのようなことは決して……ただ恐れ多く……」

「じゃあ、決まりだね」

レーヴァンは再びアルレットの手を取った。

「ねー。早く行かないと、夜会始まっちゃうんだけど」

しばらく放置されていたエラルドは不満そうにしながら、門のすぐ側《そば》につけてあった馬車に乗り込む。

レーヴァンは頷いた。

「そうだね、寄る場所もあるから急ごうか」

「あ、あの……」

アルレットは戸惑《とまど》う。どうしたらいいのかわからない。

すると、エラルドが満面の笑みで、馬車の中からアルレットに手を差し出す。

「はい、アルレットちゃん。お手をどうぞ」

アルレットがまだ足を踏み出すべきか否《いな》か迷っていた、その瞬間――アルレットの身体が宙《ちゅう》に浮いた。

「え……」

アルレットは目を見開く。

気付いた時には、馬車の中にいた。

「本当、レーヴァンって美味《おい》しいところ持っていくのうまいよねー。ずるいなぁ」

エラルドが唇を尖《とが》らせている。

どうやら、レーヴァンがアルレットを抱きかかえて馬車に乗り込んだらしい。

一瞬の出来事で訳がわからず、アルレットの頭は混乱したままだ。

「さあ、アルレット嬢、座って？　少し僕とお話でもしようか」

レーヴァンに促《うなが》されるまま席に座ると、彼は満足そうに微笑む。

扉が閉まり、馬車はゆっくりと動き出した。

「アルレット嬢は、ルイスのこと、好き？」

レーヴァンは、答えのわかりきった質問をしてくる。

（むしろ、義兄からの質問で、肯定以外の回答があるなら知りたい……レーヴァン様とは初対面だけれど、この方が非常に変わっている人なのは、理解できたわ……）

内心そう思いつつ、アルレットは控えめに答える。

「……はい、お慕《した》いしております」

「そう、よかった。ありがとう」

（やっぱりよくわからないわ。何故お礼を言われるのかしら……）

アルレットが首を捻《ひね》っていると、レーヴァンは再び口を開いた。

「じゃあ……」

（次は何を聞かれるの……）

アルレットは思わず身構えたが――

「好きな色は？」

その不安は、杞憂《きゆう》に終わった。

（何故、今この場にてまるで関係のない、私の好きな色……）

あまりにも脈絡《みゃくらく》のない質問に、気が抜ける。

「し、白でしょうか……」

とりあえず答えないわけにはいかないので、素直にそう答えるアルレット。これで終わりかと思いきや、その後も、レーヴァンからの質問攻めは続いた。

「じゃあ、最後に……上から下までのサイズはいくつ？」

予想の斜め上をいく質問に、アルレットは顔をとても熱くして、俯《うつむ》いた。

一瞬、何を言われたのかが理解できなかった。

(この方は変人ではなく、変態でした……)

アルレットが脳内で訂正しながらレーヴァンを見ると、やはり彼は飄々《ひょうひょう》としている。

「恥ずかしがらなくても、大丈夫だよ。誰にも言わないから」

(理由はそこではありません……)

アルレットは困り果ててエラルドに視線を送る。

しかし、彼は愉《たの》しそうにこちらを見ているだけで、役に立ちそうもない。

すると、レーヴァンはなるほどといった顔でアルレットを見た。

「そうか、エラルドがいるから言いづらいんだね。なら僕だけに教えて」

レーヴァンはアルレットに顔を近づける。

あまりの出来事に、眩暈《めまい》がしそうだ。

――そしてそのまま本当に、アルレットは倒れてしまった。

「アルレット嬢!?」

「レーヴァン、揶揄《からか》いすぎだよー」

「ごめんね……」

意識がなくなる寸前に、レーヴァンとエラルドの会話が僅《わず》かに聞こえた。

「んっ……」

アルレットが目を開けると、ベッドの上に寝かされていた。

頭がぼんやりする。

(確か、馬車の中で倒れた気がするけれど……)

「お目覚めですか？　お加減はいかがでしょうか？」

突然声が聞こえてそちらを向くと、見知らぬ女性がベッドの横に立っていた。

格好からして、侍女ということはわかる。

「あの……ここは……」

アルレットがおそるおそる聞くと、侍女は穏やかに微笑んだ。

「エラルド様のお屋敷でございます。ほんの少し前に、アルレット様を王太子殿下がお抱《かか》えになり、こちらに」

レーヴァンが倒れたアルレットを運んでくれたと聞いて、恥ずかしさと不甲斐《ふがい》なさでいっぱいになる。そして先ほどのレーヴァンからの質問を思い出し、また頬が熱くなったのがわかった。

そしてふと辺《あた》りを見回す。ここにいるのは、アルレットとこの侍女だけだ。

「あの、レーヴァン様とエラルド様は……」

「下でアルレット様をお待ちです。お加減がよろしいようでしたら、早くお支度《したく》を整えましょう」

アルレットは侍女に半《なか》ば強制的に着替えさせられた。

髪を整えられ、化粧も施《ほどこ》される。

「まあ、よくお似合いです。まるでアルレット様のために仕立てられたようですわ」

用意されていたドレスを着たアルレットを見て、侍女は感激する。

アルレットはなんとなく気恥ずかしくなった。

「ありがとうございます。あの、このドレスは……」

今アルレットが着ているドレスは、純白の生地《きじ》に、蒼色《あおいろ》の薔薇《ばら》の花の刺繍《ししゅう》が無数に施《ほどこ》されている。

誰もが目を奪われるような美しいドレスだと思った。

「それは、エラルド様からです。なんでも、この間のお詫《わ》びだとおっしゃっておられましたが……

私にはなんのことやら……。あぁ、でもドレスをお選びになられたのは王太子殿下なんですよ。とても真剣に選ばれておいででした」

にこにこしている侍女を見て、アルレットはぽかんとした。

（このドレスはエラルド様からの贈り物で、殿下がお選びになったもの……？　どういうこと？　よくわからないわ）

アルレットはそのまま侍女に案内されて、レーヴァンとエラルドが待つ一階の部屋へ向かった。

エラルドはアルレットを見て、目を丸くする。

「アルレットちゃん、かわ……」

「僕の見立て通りだ。よく似合ってる。アルレット嬢、綺麗だよ。気分はどう？　大丈夫？」

エラルドの言葉を遮《さえぎ》り、レーヴァンは立ち上がると、アルレットのもとへ歩み寄る。

まだ状況がわからず戸惑《とまど》いながらも、アルレットは頷いた。

「はい、もう大丈夫です。……あの、このドレスは、レーヴァン様が選んでくださったと聞いたのですが」

「あぁ、そうだよ。この美しいドレスは君にしか似合わないと思ったんだ。それに、白が好きだと言っていたからね」

レーヴァンはそう言って、爽《さわ》やかに微笑んだ。

エラルドは不服そうな表情で、口を開く。

「あのさ、レーヴァン。そのドレスを用意したのは僕なんだけど……。この間ドレス汚しちゃったから、そのお詫《わ》びに……」

「サイズもぴったりでよかった。まるで君のために誂《あつら》えたみたいだ」

レーヴァンは、エラルドの言葉に被《かぶ》せるように話す。

アルレットには、レーヴァンがわざとそうしているように思えた。

「いや、だから！　それも僕が、アルレットちゃんのサイズがわからなかったから、あらかじめ色々と揃《そろ》えて……」

レーヴァンはそう言うエラルドを無視して、アルレットと会話を続けようとする。

エラルドは痺《しび》れを切らしたように、大きな声を上げた。

「そもそもさ、僕が選ぼうとしたのに……レーヴァンが無理やり横から口を出して邪魔して、嫌がらせしてきてさ。何が『僕が選ぼう』だよ！　これは僕が用意したんだ！　ミルカだって、なんでレーヴァンの味方するわけ？『殿下にお譲りください』って、ミルカは僕の乳母《うば》でしょう？　こんなのおかしい……」

エラルドの悲痛な叫びを聞いて、アルレットはミルカと呼ばれた侍女を見る。

甲斐甲斐《かいがい》しく世話をしてくれた彼女は、エラルドの乳母《うば》らしい。

（それにしても、エラルド様はどうしてそんなに怒っているのかしら……レーヴァン様が話しかけてくるから、よく聞き取れないのだけれど。でも、そういえばまだ、エラルド様にはお礼を言っていなかったわ）

「エラルド様」

「何⁉」

苛々《いらいら》しているであろうエラルドは、アルレットにも噛みつく。

アルレットはエラルドを真っ直ぐ見つめると、口を開いた。

「エラルド様、こんな素敵なお召し物をご用意くださり、ありがとうございます」

アルレットがにこにこと笑みを浮かべながら礼を述べると、エラルドは顔を赤くしてそっぽを向いてしまう。

「う、うん」

まるで子供のようなその姿に、アルレットはくすりと笑い、レーヴァンとミルカは呆《あき》れた顔をする。すると、レーヴァンが素早くアルレットの腰を引き寄せ、横抱きにした。

「きゃっ」

「……さあ、少し遅くなってしまったけど、行こうか。エラルド、置いていくよ」

「れ、レーヴァン様⁉」

（どうしよう、恥ずかしすぎる……）

驚き恥ずかしがるアルレットをよそに、レーヴァンはさっさと歩き出す。

そのあとを、急いでエラルドが追いかけた。

「あのさ、そもそも夜会にアルレットちゃんを誘ったのは、僕なんだけど！」

レーヴァンはエラルドを無視して、そのまま馬車に乗り込んだ。

そしてエラルドが追いつく前に、扉を閉めさせようとする。

「流石《さすが》にそれは、酷《ひど》いよ……」

不貞腐《ふてくさ》れた表情のエラルドもなんとか馬車へ乗り込むと、三人は夜会の開かれている屋敷へと向かった。

◆　◆　◆

ルイスが屋敷に到着した時には、騎士団の夜会は既《すで》に始まっていた。

数か月に一度、労《ねぎら》いの意味を込めて夜会は開かれる。

日々休まず、鍛錬《たんれん》を怠《おこた》ることなく努力をしている団員へのご褒美《ほうび》だ。

騎士団員は、総勢百名ほど。

大広間もこれだけガタイのよい男たちが集まれば、狭く感じる。

大量の酒と料理が用意されているが、それらはあっという間に団員らの胃袋へと消えていく。

そんな中、荒野《こうや》に咲く一輪の花のように、華やかなドレスを纏《まと》った女性の姿があった。

彼女はルイスを見つけると、早足で近づいてくる。

「ルイス」

「サンドラか」

サンドラはレーヴァンの婚約者だが、そうなるまではこの騎士団に所属していた唯一の女性だ。

彼女が、夜会に参加するのは婚約してからは初めてだ。先日屋敷を訪ねてきた時も、かなり久々の再会だった。

彼女は幼い頃からルイスとエラルドとともに剣を学んでいて、その腕前は男顔負けでかなりのものだ。サンドラが男性だったら、今頃は副長くらいにはなっていたかもしれない。

サンドラは、華やかな笑みを浮かべた。

「ルイスと顔を合わせない日が多いなんて、なんか変な感じ。昔は毎日朝から晩までずっと一緒だったのに」

「そうだな。だが今はもう、私は結婚している。君も兄上の婚約者だ。致し方ない」

突然、サンドラは顔を曇《くも》らせる。ルイスは首を傾げた。

「どうした」

「ううん、なんでもないわ。それより、今日は奥様は連れてきてないの？　紹介してもらえると思って、楽しみにしていたのに」

「あ、ああ。そのうちな」

ルイスはばつが悪くなり、近くにあったワイングラスに手を伸ばす。

ルイスはさほど酒に強くないため、普段はあまり飲まないが、夜会などの特別な時にだけ、付き合い程度に嗜《たしな》んでいる。

ルイスはワインを一口《ひとくち》飲んだあと、ふと思ってサンドラに問う。

「それより、サンドラ。兄上とはうまくやっているのか？」

「……まあ、普通よ。昔からの仲だし、問題はないわ。姉弟《きょうだい》のような、友人のような感じだしね。気がねはしないわ」

そう言うサンドラは、随分《ずいぶん》と元気がないように見えた。

サンドラは剣術を学ぶくらい、活発な女性だ。昔は元気が取《と》り柄《え》のような子供だった。

それはレーヴァンと婚約するまで変わらなかったが、それからは次第に淑女らしくなっていった。

ずっと、男性の格好をしていたサンドラがフリルやレースのついたドレスを纏《まと》い、剣の代わりに扇子《せんす》を持っている。

ルイスは未だにドレス姿のサンドラに違和感があり、どうも慣れない。

だが、彼女にとって王太子妃になるということは、この上ない幸せだろう。

「兄上は立派な方だ。大切な友人のサンドラの伴侶《はんりょ》には適任だな」

サンドラは笑った。ルイスには、それが淋《さび》しげなように見えた。

「それにしても、レーヴァンもエラルドも来てないわね。どうしたのかしら」

いつもの表情に戻ったサンドラが心配をしていると、急に騎士団員たち数人が、サンドラとルイスを囲んだ。

「サンドラ様！　お久しぶりです！」

「うわー、似合わない」

「やっぱりサンドラ様には稽古着《けいこぎ》が似合ってますよー」

煩《うるさ》いくらい大声で話す団員らは、だいぶ酔っているようだ。かなり酒臭い。

「もう、やめてよね！　飲みすぎ！」

そう言いながら昔のように笑うサンドラを見て、ルイスはホッと安堵《あんど》する。

大きな口を開けて笑う彼女の姿は、久しぶりに見た気がした。

「団長～、全然飲んでませんねー？　ほら、じゃんじゃん飲みましょ～」

団員はルイスに、無理やりワイングラスを押しつけた。

大きなグラスになみなみと注《そそ》がれたワインをとりあえず受け取り、ルイスは渋い顔をする。

（これはキツいな……）

ルイスがどうしたものかと悩んでいると、横から手が伸びてきた。

そして、ルイスの手にあったグラスが取り上げられる。

「サンドラ!?」

「全く、しょうがないわね。私が飲んであげる！」

サンドラはグイッとワインを一気に呷《あお》り、あっという間にグラスを空《から》にしてしまった。

かなり豪快な飲みっぷりだ。サンドラが酒に強いほうなのは知っているが、流石《さすが》に飲みすぎだろう。

「サンドラ、少し飲みすぎ、だ……」

ルイスが心配になりサンドラに声をかけた時、会場が一気に静まり返った。

普段どんなに注意しても黙ることを知らない騒がしい団員らが、静まり返るなどあり得ない。

何事だと、ルイスの背に緊張が走る。

ルイスは団員らの視線が、ある場所に集まっていることに気が付いた。皆、扉のほうを向いている。

そして、一瞬のうちに団員らがルイスと扉の間に道を作った。

(なんだ!?)

ルイスが不審に思いながら、皆と同じ方向を見つめると——

「……アルレット」

開かれた扉の前には、ここにいるはずのないアルレットの姿があった。

第五章

アルレットはレーヴァンにエスコートされ、夜会の会場へと入った。

扉の内側から聞こえていた騒がしい声はその瞬間消え去り、会場中が静まり返る。

大勢の団員らの視線を一挙に集めたアルレットは、たじろいでしまう。

(何かおかしいのかしら……?)

アルレットがレーヴァンを横目で見上げると、彼は優しく微笑んでくれた。

その笑みにどこか安心感を覚え、アルレットは息を漏らす。

レーヴァンが先に、足を一歩踏み出す。

アルレットも手を引かれながら、それに合わせて歩き出した。

顔を上げて前を見据《みす》えると、あることに気付く。

騎士団員らが、アルレットたちの前に道を作っている。

そしてその先にいるのは、ルイスだった。

その瞬間、ルイスと目が合う。

ルイスは真っ直ぐにこちらを見つめ、微動だにしない。

アルレットが歩くたびに、純白のドレスの裾《すそ》が揺れる。

それすら美しいと、会場中のあちらこちらから感嘆の声が漏れ聞こえた。

「ルイス様」

アルレットはルイスの前に立つと、はにかんだ。

だが、名を呼んでもルイスは反応しない。まるで動かないが、瞳だけは揺れているように見えた。

戸惑《とまど》うアルレットに、ルイスは一言《ひとこと》、言った。

「女神のようだ……」

静まり返る会場に、ルイスの言葉が響き渡る。

アルレットは、何を言われたのかわからなかった。

だがその言葉を理解した瞬間、恥ずかしさに震える。

(女神って……私!?)

アルレットが動揺していると、後ろにいるエラルドが噴《ふ》き出《だ》した。

「ルイス、それは流石《さすが》に恥ずかしすぎないー?」

ルイスはエラルドの言葉にハッとさせられたらしく、周りを見回した。

その姿に、レーヴァンが苦笑する。

ルイスは一気に気恥ずかしくなった様子で、俯《うつむ》くように顔を逸《そ》らした。

(きっと今、私の顔は真っ赤ね……そして、ルイス様も。夫婦揃《そろ》って恥ずかしい)

アルレットは平静を装《よそお》いながら、ルイスに声をかける。

「ルイス様?」

「あ、あぁ……」

ルイスはそれだけ返事をして、再び黙り込んだ。

しばらく沈黙が流れ、不意にルイスがわざとらしく咳払《せきばら》いをする。

「……それより、どうやって。いや何故ここにいる」

ルイスは目を泳がせ、だいぶ動揺している様子だ。

彼はようやくアルレットの隣にいるレーヴァンの存在に気付いた様子で、目を瞠《みは》る。

唖然《あぜん》とした表情のルイスを見て、レーヴァンは意地悪そうに微笑んだ。

「兄上……」

「僕が君の代わりに、アルレット嬢を連れてきたよ」

（なんだろう、なんだか異様な空気を感じる……）

レーヴァンはにこにこと微笑んでいるが、ルイスは複雑そうな表情を浮かべている。

（二人が揃《そろ》ったところを見るのは初めてだけれど、もしかしてあまり仲が良くない、とか……）

「ほら、ルイス。アルレット嬢を皆に紹介してあげないと」

レーヴァンに諭《さと》され、ルイスは嫌そうにため息をついた。

そして諦《あきら》めたように、何かを決断した表情に変わる。

とても緊張をしている様子で、顔には汗が僅《わず》かに滲《にじ》んでいた。

「……今日は、皆に紹介したい人がいる」

静まり返る会場に、ルイスの声が反響している。

ルイスはアルレットの横に立つと、腰を抱き寄せた。

アルレットは恥ずかしさに、顔を一気に熱くした。

「この女性《ひと》は私の大切な、最愛の妻のアルレットだ」

ルイスから紹介を受けたアルレットは一歩前へと出ると、ドレスの裾《すそ》を持ち上げ優雅にお辞儀《じぎ》をする。

「皆様、お初にお目にかかります。私はルイス殿下の妻のアルレットでございます。若輩者《じゃくはいもの》ゆえに至らないところもございますが、どうぞ皆様お見知り置きをいただけますようお願い申し上げます」

アルレットの挨拶《あいさつ》が終わり静まり返る中、レーヴァンの拍手が響いた。

それが合図のように、一斉《いっせい》に歓声と拍手が巻き起こった。

アルレットは大きく息を吐く。

緊張したが、周囲の反応からして粗相《そそう》はなかったようだ。アルレットが恥をかくことは、ルイスが恥をかくのと同義だ。ルイスに恥ずかしい思いをさせるわけにはいかない。

ホッとアルレットが胸を撫で下ろしていると、声をかけられる。

「初めまして、アルレット様。私はルイスの旧友のサンドラよ。よろしくね」

アルレットは内心で飛び上がった。

緊張していて、ルイスの隣にいたサンドラに全く気付かなかった。

(サンドラ様……この間遠目で覗《のぞ》き見《み》た時も思ったけれど、間近で見るとさらに美しい……)

アルレットは慌《あわ》てて挨拶《あいさつ》する。

「アルレットです。サンドラ様、よろしくお願いいたします」

その後、暫《しば》しアルレットはサンドラと会話を交《か》わした。

ルイスやレーヴァン、エラルドも参加して賑《にぎ》やかな雰囲気になる。

だが、アルレットはサンドラが気になってしまい話に集中できずにいた。

「アルレット嬢、どうかした？」

どことなくそわそわするアルレットに気付き、レーヴァンが声をかけてくる。

「い、いえ」

「アルレット、すまない。気が利《き》かずに」

アルレットは首を横に振ったが、何かを察したルイスはどこかへ向かい、すぐに戻ってきた。

手にはグラスが握られている。

「あ、ありがとうございま……」

アルレットはルイスから差し出されたグラスを受け取ろうとしたが、ひょいと横から取り上げられる。

一瞬のことで、アルレットは目を丸くして固まった。

ルイスも驚いたようで、大きな声を上げる。

「兄上、何するんですか。それはアルレットのために持ってきた……」

「これ、中身は何？」

唐突にレーヴァンに問われ、ルイスはぽかんとした表情で答える。

「木苺《きいちご》の水ですが……」

「ふ～ん……」

レーヴァンはそう言いながらグラスを回して、鼻を近づけた。どうやら匂いを嗅《か》いでいるようだ。

そして、そのグラスをエラルドに差し出す。

「はい、飲んで」

「え、なんで僕……」

エラルドは嫌そうな顔をするが、レーヴァンに睨《にら》まれ、仕方なさそうに口をつけた。

一口《ひとくち》飲み込み、エラルドは顔をしかめる。

「甘っ！　でも、キツッ！」

ルイスは驚いた顔をして、エラルドからグラスを奪うと自分も飲んでみた。

「酒だ。確認したはずだが……」

「しかもかなり度数が高いね。こんないたずら、誰がしたのかな」

レーヴァンの言葉に、アルレットは息を呑む。

（いたずら？　意図的に誰かが私に酒を飲ませようとしたってこと……？）

アルレットはまるで酒が飲めないわけではないが、レーヴァンの口振りだと、相当アルコール度数が高いように思える。

「こんなにキツんじゃ、アルレットちゃんが飲んだら一瞬で気を失うんじゃない？」

さらにそう補足するエラルドの言葉に驚いた。

「……」

言葉が出ない。

その時、アルレットは視線を感じ、その方向に目を向ける。

（……サンドラ、様？）

アルレットに強い視線を向けていたのは、サンドラだった。

(気付かないうちに、粗相《そそう》でもしてしまったかしら)

アルレットがサンドラの鋭《するど》い視線に戸惑《とまど》っていると、彼女はふいにルイスに寄り掛かった。

「サンドラ!? どうした? 具合が悪いのか」

俯《うつむ》き気味にルイスの腕を掴むサンドラを、ルイスは覗《のぞ》き込《こ》む。

心なしか彼女の頬は上気して赤くなり、目は潤《うる》んでいた。

「大丈夫、よ……少し、飲みすぎちゃった……みたい」

「さっき、私の分まで飲んでくれたからか……すまない。大丈夫か? 休んだほうがいい」

ルイスはレーヴァンを見た。

レーヴァンはやれやれと肩を竦《すく》め、サンドラの腕を掴む。

「ほら、サンドラ。空《あ》き部屋があるから、そこで少し休もう」

「いい、大丈夫……」

サンドラはレーヴァンの手を振りほどき、ルイスにしがみつく。

明らかに無理をしている様子のサンドラは足元が覚束《おぼつか》ず、立っているのも危うく見える。

「サンドラ。他の人に迷惑がかかるから。僕に掴まって?」

レーヴァンはルイスからサンドラを引《ひ》き剥《は》がそうとするが、彼女は頑《がん》として離れない。

「嫌、ルイスがいい……連れてって……」

そんなサンドラに、レーヴァンは明らかに面倒臭そうな顔をする。

「……サンドラ。いい加減にしないと僕だって怒るよ?」

レーヴァンはサンドラに刺すような視線を向けるが、酔っ払っているサンドラにはあまり効果はないようだ。

ルイスは困りながらも、サンドラの手を振り払うことはしなかった。

先ほどルイスは、自身の酒をサンドラが飲んだと言っていたから、責任を感じているのかもしれない。

「ルイスが、いい、の……」

(酔っ払ってしまっているんだから、しょうがないよね……)

アルレットもエラルドも、苦笑いをして見守るよりほかはない。

レーヴァンは大きくため息をついた。

「ルイス、君が判断して。君がそのままサンドラを連れていくなら、それでも構わない。婚約者である僕が許可を出す。だが僕が連れていくなら、今すぐにその手を振りほどきなよ。どちらかにしてくれるかな？」

決断を迫《せま》られたルイスは黙り込むと、しばらくして口を開いた。

「わかりました、兄上。サンドラがこんなに酔ってしまったのは、酒に弱い私を庇《かば》ってくれたからです。サンドラは、私が責任を持って連れていきます」

ズキリと、アルレットの胸は痛んだ。

ルイスはそれに気付かず、サンドラを介助する。

けれど彼女の足腰はふらついてしまい、歩行困難だ。

ルイスはため息をついてひょいとサンドラを横抱きにすると、アルレットに声をかけた。

「アルレット、すぐに戻る」

「あ……」

アルレットは何も言えず、俯《うつむ》く。

公《おおやけ》の場で妻を置いて他の女性に付き従うなど、普通はあり得ない。

しかもそれに加えて、抱き上げ連れて行くなど、誤解が生まれることは明らかだ。

その場の空気が凍《こお》りついたが、ルイスはそれにも気付くことはなく、サンドラを抱《かか》えたまま会場から出ていってしまった。

「あー……これ、まずいやつだ」

エラルドの呟きは、ルイスには届かなかった。

◆　◆　◆

ルイスはサンドラを抱きかかえ、空《あ》き部屋に入る。

ベッドに彼女を寝かせると、枕元のランプに灯《ひ》を点《つ》けた。

「サンドラ、どうだ？　大丈夫か？」

「大丈夫……」

サンドラは弱々しくも、しっかり返事をした。

ルイスは安堵《あんど》の息をつき、踵《きびす》を返す。

「帰りに迎えに寄るように、兄上に伝えておく。しっかり休むんだぞ」

それだけ言って部屋から出ていこうとするルイスを、サンドラは呼び止めた。

「ルイス……行かないで……」

「サンドラ、我儘《わがまま》言うな」

「やだ……お願い……ルイス」

幼子《おさなご》のように駄々《だだ》を捏《こ》ねるサンドラにルイスは困り果てるが、結局折れてしばらく側《そば》にいる羽目になってしまった。

ルイスはベッドの横の椅子に腰掛ける。

「サンドラがこんな風になるまで飲むなんて、驚いた。いや、私のせいだな。すまない……」

サンドラに不要な分まで酒を飲ませてしまったのは、自分の落ち度だ。

ルイスはそう考えていたが、彼女は首を左右に振った。

「ルイスのせいじゃないわ……」

サンドラはそれだけ言うと、黙り込《こ》む。

ルイスがサンドラの顔を覗《のぞ》き込むと、手を握られた。

「サンドラ？　どうした？　まだ気分が優《すぐ》れないのか？」

「……すき。私、ルイスが、好き」

ルイスを見上げるサンドラの瞳は、ランプの灯《あか》りを受けて緋色《ひいろ》に揺れ、熱っぽく見えた。

「……私もサンドラのことは好いているが、急にどうした？」

そう聞くと、サンドラは再びルイスの手をぎゅっと握った。

「……サンドラ？」

「……目が、痛い」

「目が、か……？」

急に目が痛いと言うサンドラを不審に思いながらも、ルイスは彼女に顔を近づける。

しかし、薄暗くてあまりよく見えない。仕方なしにさらに顔を近づけた。

その瞬間、グイッと腕を引っ張られる。

その勢いのまま、サンドラはルイスの唇に自分の唇を重ねた。

「サンドラ――ッ」

ルイスは何が起きたのかわからず、後ろに跳《は》ね退《の》いた。

だが、手を握られているため、あまり距離を取ることができない。

「ルイス、私の『好き』の意味、わかってくれた？」

その言葉で、ルイスはやっとサンドラの行動の意味を理解した。

ルイスは目を泳がせながら、重い口を開く。

「……サンドラ、私は……」

「ずっとね……ずっと昔から、あなたが好きだったの。初めは剣の稽古《けいこ》をしている姿に惹《ひ》かれて……格好いいなって。ルイスってば優しいのにいつも仏頂面《ぶっちょうづら》で、しかもすごく鈍《にぶ》くて、それでいて不器用で……放っておけなくて。……気付いたらいつもあなたを目で追っていて……こんなにも好きになってた。でも、あなたは全然気付いてくれなかった」

昔を懐かしむように、ポツリポツリと話すサンドラに、ルイスは俯《うつむ》くことしかできない。

「すまない……」

「政略的にレーヴァンとの婚約が決まっても、やっぱりあなたが好きで。辛《つら》くて、苦しくて、悲しかった。でも、耐えられるって思えたの。何故だと思う？」

サンドラの問いに、ルイスはただ首を横に振った。

サンドラはふふと声を漏らし、赤い唇の端を吊り上げる。

「あなたには『特別』がいなかったからよ」

「……」

ルイスが黙り込む中、サンドラは話し続けた。

「あなたはどんな時も、等しく誰にでも優しかった。それはこれから先もずっと変わらないと信じていたから……私がルイスの特別になれなくても、他の誰もルイスの特別になれないなら……それでよかった……でも」

サンドラの握っている手が小刻《こきざ》みに震え出す。

ルイスは何も言わずサンドラを真っ直ぐに見た。

「アルレット様を見ていたあなたの顔を見て、わかってしまったの……彼女はあなたの『特別』なのだと」

サンドラの瞳から、涙が止めどなく溢《あふ》れ出《だ》す。

「どうしてっ!! ねぇ、どうして彼女なの!? 私はずっとルイスの側《そば》にいたのに！ たった三月《みつき》よ？ 私は十年以上も一緒にいたのに……何がだめなの……」

サンドラの気持ちが、痛いほど伝わってくる。

今まで気付くことができなかった自分自身に、ルイスは苛立《いらだ》ちを覚えた。

「すまない、全く気付くことができなかった」

「本当に、鈍《にぶ》すぎっ……ずっと私を苦しめた責任、取ってよ……」

「私は、どうしたらいい」

申し訳なさでいっぱいになったルイスは、少しでもサンドラに償《つぐな》いたい一心で問う。

サンドラは、鋭《するど》い瞳ではっきりと言う。

「私を好きになって」

「それは……」

「責任を感じてるなら、私を好きになってよ！ 私を彼女を見ているような瞳で見て？ 彼女を抱き締めているように抱き締めて、彼女に言うように、私に好きだって囁《ささや》いて」

ルイスは、ただ自分の足元を見つめることしかできない。

サンドラの悲しげな声が耳に入ってくる。

「できないの？ どうして？ 私のこと……嫌い？」

「……違う、そうではない。君のことは好いている。だがそれは……」

「じゃあ、ルイス。私と一緒に逃げて。ね？　ルイス……いいでしょう？」

サンドラが必死に懇願《こんがん》してくる。

ルイスは、なんとか声を絞《しぼ》り出《だ》した。

「……兄上のことは……どうするつもりだ」

「レーヴァンは、私に興味なんてないから……大丈夫よ」

ルイスが恐る恐る顔を上げると、サンドラの色気を滲《にじ》ませた目とかち合う。

(今、目の前にいる女は、本当にサンドラか？　昔から少し男勝《おとこまさ》りで明るく元気で、優しかったサンドラは、もうどこにもいなくなってしまったのだろうか……)

ルイスはただ呆然《ぼうぜん》と、サンドラを見ていた。

「何もかも捨てて……それで二人でどこか遠くの街で暮らすの。あなたがいてくれたら、私はそれだけで幸せだもの。きっと楽しいわ。昔みたいに、ずっと一緒に笑い合うの。子供が生まれたら……きっとすごい剣豪《けんごう》になるわよ。だって、あなたと私の子供だもの……」

そう話すサンドラは、とても愉《たの》しそうに笑った。

(私が、ここまでサンドラを追い詰めたんだ……)

ルイスはサンドラに狂気を感じるのと同時に、自分を責めた。

サンドラを見ているのが辛《つら》くなり、再び瞳を伏《ふ》せる。

「ねぇ、ルイス？　いいでしょう？」

サンドラは身体を起こすとルイスの腕に絡みつき、擦《す》り寄《よ》った。

しばらくなされるがままでいたルイスは、ゆっくりとサンドラの手を振りほどく。

「ルイス……？」

「サンドラ……私は君とは、行けない」

ルイスの言葉に、サンドラは悲鳴に似た声を上げた。

「なんで……なんでよっ!!　どうしてっ……」

「本当はこんなことを、言いたくない。だがこのまま言わずにいることはできないから、言う」

ルイスは真っ直ぐにサンドラを見る。その視線は冷たく、刺すようだった。

「私は君のために生きることはできない……君のために全てを捨てることはできないし、私もそれを望まない」

サンドラの目は、目玉が零《こぼ》れ落《お》ちそうなほど大きく見開かれる。

彼女は震えながら涙を流し、笑みを浮かべた。

「なら……アルレット様……の、ため、なら……？」

「愚問《ぐもん》だな。彼女のためならば、私は命をも擲《なげう》つ」

ルイスが言うと、サンドラは全身の力が抜けたようにへたり込んだ。

「……莫迦《ばか》みたい。私は……莫迦《ばか》、だ」

うわごとのように繰り返すサンドラを、ルイスは悲痛な面差《おもざ》しで見る。

「サンドラ、すまない」

「そう思うなら……慰《なぐさ》めて。そしたら赦《ゆる》してあげる」

サンドラは、ルイスの腕を強く引っ張った。気を抜いていたルイスは、そのままサンドラの上に倒れ込む。

「サンドラ!?」

「お願い……これで、最後だから……」

サンドラは自分に覆《おお》い被《かぶ》さるルイスに抱きついた。

ルイスは躊躇《ためら》うが、顔を自分の胸に埋《うず》めて泣いているサンドラを見て罪悪感に襲われる。

そして、おそるおそる、抱き締め返してしまった。

◆　◆　◆

ルイスがサンドラとともに会場を去り、しばらくした頃。

エラルドは残された片割れ同士の二人を見た。

レーヴァンは気にも留めていない様子だが、アルレットは明らかに沈んでいる。

「アルレット嬢、ごめんね。僕の不甲斐《ふがい》ない弟と婚約者のせいで、嫌な思いをさせてしまって」

「……いえ。仕方がないですから」

レーヴァンの謝罪に、アルレットは小さく首を横に振った。

エラルドは「全然仕方なくない！」と言いたかったが、黙る。

レーヴァンが何故かエラルドを睨《にら》みつけてきたからだ。

まるで、余計なことを言うなとばかりに。

（大体、なんであの時、レーヴァンはルイスに判断を任せたんだろう。もっとレーヴァンが強く言えば、いくらルイスだって、サンドラの手を離したと思うけど……まるで、ルイスにわざとサンドラを選ばせたような……）

レーヴァンはアルレットのためにグラスを持ってきて手渡し、実に愉《たの》しそうに彼女と話している。

（なんだろう。なんか違和感が……。なんでかはわからないけど。レーヴァンは一体、何を考えているんだろう）

エラルドは、昔からレーヴァンが何を考えているかわからないと思っていた。

レーヴァンに対して、好きの感情も嫌いの感情もない。

仲の良いルイスの兄で、自分の従弟《いとこ》でもあるゆえに、たまたま関わることが多かったに過ぎない。

それなのに、幼い頃から知っているにもかかわらず、未だに性格すら把握できていない。

一つだけ言えるのは、全てが完璧《かんぺき》だということだ。

レーヴァンは聡明《そうめい》で、勉学に優《すぐ》れている。

見た目も整っており、爽《さわ》やかで穏やかな印象。

その上身体能力も高く、剣の腕が立つ。

レーヴァンと手合わせすれば、騎士団の副長のエラルドでさえ互角、もしくは負けてしまうかもしれない。

（まあ、ルイスには敵《かな》わないけどね）

エラルドは、さらにアルレットとレーヴァンを凝視《ぎょうし》する。

すると、レーヴァンは一つの器《うつわ》を手にし、アルレットに見せた。

「アルレット嬢。これ、食べたことある？」

「アイスクリーム、ですか……？」

アルレットが不思議そうに首を傾げると、レーヴァンが器《うつわ》の中のアイスクリームをスプーンでかき混ぜる。

「これはね、こうやって混ぜて伸ばす」

レーヴァンがスプーンを持ち上げると、それに絡みつくように、アイスクリームは長く伸びた。

それを見て、アルレットがふふっと笑みを零《こぼ》す。

「すごい……これ、食べるんですか？」

「そうだよ。あとはね……」

レーヴァンは珍しい食べ物を、次から次へとアルレットに見せていく。

アルレットが笑うと、レーヴァンも嬉しそうに笑った。

それを見たエラルドは、やはり胸の奥がざわつくように感じる。

(違和感の正体はわからないけど)

居ても立ってもいられなくなって、エラルドはレーヴァンに声をかけた。

「ねー、レーヴァン。ルイス、戻ってこないねー。様子を見に行こうよ」

「確かに少し遅いね。アルレット嬢もおいで」

意外なことに、レーヴァンはアルレットを連れていくと言い出した。

（アルレットちゃんには、この場で待っていてもらったほうがいい気がするんだけど……）

アルレットを一人にするのは忍びないが、エラルドにはなんとなく嫌な予感がするからだ。

そんなエラルドには構わず、レーヴァンはさっさとアルレットを連れて大広間から出ていってしまう。

「ちょっと！　待ってよー」

エラルドは二人を必死に追いかけた。

——この数分後、エラルドの嫌な予感は的中することとなる。

第六章

アルレットとレーヴァン、エラルドは、ルイスとサンドラの様子を見に行くため、夜会の会場を出て廊下を歩いていた。

その途中で、何故か急にレーヴァンは一人先に行ってしまった。

アルレットとエラルドは、そのあとを足早に追いかける。

（レーヴァン様、一体どうしたのだろう……）

アルレットは先を行く彼の後ろ姿に不安を覚えた。

そしてレーヴァンは、ある部屋の前で立ち止まると、扉の取っ手に手を掛ける。
その時、部屋の中から男女の声が漏れ聞こえた。
アルレットの心臓が跳《は》ねる。
「あー……これは、レーヴァン、まずいよっ」
隣にいたエラルドが呟き、レーヴァンを制止しようとしたが――
レーヴァンは躊躇《ためら》うことなく扉を開き、部屋に踏み込んだ。
「何、してるの」
普段のレーヴァンからは想像できないほど、低く冷たい声が部屋に響いた。
その声に、アルレットもビクッと身体を震わせた。それほど冷たく、怖さを感じる。
レーヴァンに続いて、アルレットも中へと入ろうとした。
だが、エラルドがそれを阻《はば》むように手を伸ばす。
それを払いのけたのはアルレットではなく、振り返ったレーヴァンだった。
その行動にアルレットもエラルドも驚くが、アルレットは意を決して一歩を踏み出す。
そして――さらに驚きの光景を目《ま》の当たりにした。
ベッドの上でサンドラを抱き締めているルイスと、目が合う。
ルイスは驚きのあまり、硬直したまま動けずにいる。
アルレットは瞬《まばた》きも忘れ、ただ立ち尽くす。
「っ……ルイス、さま」

アルレットがようやく絞《しぼ》り出《だ》した声は、掠《かす》れていた。

ルイスはやっと我に返ったようで、サンドラの上から転がり落ちるように身体を離す。

「アルレッっ……」

アルレットの頭の中はぐちゃぐちゃだ。

（何が起きているのだろう。何故ルイス様は、サンドラ様とベッドで抱き合っていたの……？）

ルイスがサンドラを抱く姿を見たのはほんの僅《わず》かな時間だった。けれど、アルレットには酷《ひど》く長く感じた。

頭がくらくらして、眩暈《めまい》がする。

抱き合っている二人の残像が、未だに頭から消えない。

（ルイス様は……出会った頃はいつも仏頂面《ぶっちょうづら》だったけれど、たまに笑ってくれるようになった。私に気を許してくれていると思った。こんな私に、優しくしてくれた。たまに照れたような顔もしてくれた。全部が嬉しかった。もしかしたら、彼は私のことを好いてくれているのではないかと、思った……でもそれは、ただの自惚《うぬぼ》れでしかなかったの、ね……）

アルレットは、確信してしまった。

（だって、ルイス様はサンドラ様が好きで、諦《あきら》められずに、こうして会っていたのだから）

まるで、呼吸が止まってしまったような息苦しさに襲われる。

（なんでこんなに苦しいの？　……でも、勝手に期待した私が悪いの。ちょっと優しくされたからって、調子に乗った自分が悪い。ルイス様は悪くない。全部私が悪い）

……こんな時『正しい妻』は、どうすればいいのだろうか。

アルレットにはわからなかった。

「違っ、誤解だ！　誤解なんだっ」

ルイスの声がぼんやりと耳に入ってくる。

（何が違うの？　何が誤解なの？）

『お姉さんなんだから、我慢なさい』

ふと頭の中に響いた言葉にハッとする。

（そうだ。我慢、しなくちゃ……そうでないとルイス様に嫌われてしまう。屋敷を追い出されて離縁されてしまう。そうなれば、私に居場所などない。我慢、しなくちゃ……）

アルレットはまるで暗示をかけるように、心の中で繰り返した。

（大丈夫、大丈夫、私は大丈夫。だって、ずっとそうだったじゃない）

アルレットは息を整えて、ルイスを真っ直ぐに見て微笑んだ。

アルレットを見るルイスは呆然《ぼうぜん》として、泣きそうな顔をしていた。

（どうして？　私、ちゃんと笑っているのに……何故、ルイス様が泣きそうな顔をするの？）

彼の気持ちが、アルレットにはわからない。

アルレットは妻としての言葉を必死に探した。

（何か、言わなくちゃ……）

ルイスに声をかけねばと、ゆっくり口を開く。

「ルイス様。私と一緒に、帰っていただけますか……？」

アルレットは、そう言うだけで精一杯だった。

自分のもとへ戻ってきて欲しい。それ以外の言葉が見つからなかった。

ルイスは大きく目を見開いたまま、唇をわなわなと震わせた。だが、いつになっても彼からの返答はない。その姿がきっと答えなのだろう……それでも。

そんな彼を見たくなくて、アルレットは彼に背を向けた。

「……外で待っています」

アルレットはそう言って、部屋を出ることしかできなかった。

◆　◆　◆

アルレットが出ていったあと、静まり返る部屋に、レーヴァンの声が響いた。

「ねぇ、ルイス。よく平気だね。アルレット嬢にあんな顔をさせて、あんな風に言わせて。君、恥ずかしくないの」

ルイスは、顔を上げることができなかった。

アルレットは確かにルイスを見て笑った。

だが……本人は気付いていないだろうが、涙を流していた。

小さな身体と声を震わせながら。

必死に自分を殺して、ルイスに嫌われないようにしているのが、痛いほどに伝わってきた。

ルイスはこの時初めて、アルレットにどれだけ我慢を強《し》いて傷つけていたのかを思い知った。

自分の愚《おろ》かさに言葉も出なかった。

「君は、何がしたい？　アルレット嬢も、サンドラも、どちらも欲しいか？」

レーヴァンは嘲笑《ちょうしょう》する。ルイスは声を荒らげた。

「違っ……違います。私はアルレットただ一人を、愛しています……」

「よくこの状況でそんな台詞《せりふ》が言えるね。我が弟ながら滑稽《こっけい》で情けないよ。君の愛とやらは随分《ずいぶん》と薄っぺらなものなんだね」

レーヴァンはルイスを蔑《さげす》んだ目で見ながら、話し続ける。

「相変わらず甘い。流されやすく、つまらない優しさで人を傷つけていることにさえ気付かない。君に愛を語る資格はない」

レーヴァンの言葉に、ルイスは膝《ひざ》から崩《くず》れ落《お》ちた。何も反論できなかった。

「レーヴァンっ！　ルイスは何も悪くないの！　私のせいなの！　だからルイスを責めないで」

サンドラはルイスを庇《かば》うように、レーヴァンの前に立《た》ち塞《ふさ》がる。

レーヴァンはそれを、せせら笑った。

「面白いね。まるで自分たちが被害者とでも言わんばかりだ。悲劇のヒロインでも気取ってるつもりかな？　これが君の真実の愛か、ルイス？」

レーヴァンの刺すような視線に、サンドラが息を呑む。

彼のこんなに冷たい瞳を見たのは初めてだった。殺気すら感じる。

ルイスはやはり、何も言うことができなかった。

「レーヴァン……もう今日のところは、やめてあげてよ……」

エラルドが見かねたように、レーヴァンに声をかける。すると彼は笑った。

「あぁ、君もルイス側の人間だったね。で、不貞行為をはたらいても許せと言うことかな？　素晴らしい友情だね」

「そうじゃないけど……二人の衣服は乱れていないし、不貞をはたらいていない可能性だってある。もっと冷静に話そうよ？　それには時間を置いたほうがいいと思うし。それにルイスが違うって言ってるなら、僕はルイスとサンドラを信じたい……」

エラルドは懇願《こんがん》するようにレーヴァンを見るが、彼は表情を一切変えない。

「仮にそうだとして、だからなんだって言うの？　真実が大事なんじゃない。こんな状況を作り出したこと自体が問題なんだよ。サンドラは僕の婚約者で、ルイスはアルレット嬢の夫だ。堂々と不貞を思わせる行動をとっておいて、今さら何もなかっただって？」

レーヴァンは、ルイスとサンドラの二人に視線を戻す。

「──僕は二人を許すつもりはないから」

レーヴァンが口にした正論に、エラルドはそれ以上何も言い返せなかった。

「レーヴァン、私はどんな罰《ばつ》でも受けるわ。でも、ルイスは見逃して。あなたの実の弟でしょう⁉　お願いよっ……」

必死にルイスのために許しを乞《こ》うサンドラに対して、ルイスは抜《ぬ》け殻《がら》のようにただ項垂《うなだ》れて座り込む。

このままなら、ルイスは流罪《るざい》、もしくは死罪に処されるだろう。

ただの不貞行為ならいざ知らず、王太子の婚約者を寝取ったとなれば、罪はかなり重くなる。

たとえそれが、血を分けた兄弟の第二王子だとしても。

一瞬、レーヴァンの唇が弧《こ》を描いた。

「わかったよ。可愛い弟が罪に問われるのは、流石《さすが》に可哀想だしね」

そしてレーヴァンは、わざとらしく眉根を寄せる。

「では、こうしようか。……サンドラとアルレット嬢を交換してもらうなんて、どうかな？」

その言葉に、ルイスはゆっくりと顔を上げて、レーヴァンを見た。

（アルレットを、交換……兄上が、何を言っているのか……理解できない……）

混乱するルイスに、レーヴァンは妖艶《ようえん》に笑ってみせた。

「ルイス、アルレット嬢は僕がもらうね」

そして振り返らずに部屋を出ていくレーヴァンを、ルイスは引き留めることができなかった。

◆　◆　◆

レーヴァンが屋敷の門へと行くと、アルレットの後ろ姿が見えた。

あれからずっとルイスが来るのを信じ、待っていたのだろう。

レーヴァンが彼女に一歩近づくと、コツッと足音が響いた。

それと同時に、アルレットが勢いよく振り返る。

「ルイス、様っ……？」

薄暗い中、アルレットの顔が月明かりに照らし出される。

「レーヴァン様……」

足音の主《ぬし》が待ち望んだ人ではないことに、アルレットは目に見えて落胆《らくたん》している。

「僕で、ごめんね」

「いえ、そんな……あの、ルイス様は……」

アルレットは瞳を揺らして、レーヴァンを見上げる。

今にも消えてしまいそうなほど、儚《はかな》く頼りなく見えるアルレットに、レーヴァンは思わず手を伸ばして触《ふ》れたくなる。

「アルレット嬢、落ち着いて聞いて」

レーヴァンの言葉に、アルレットは身構えるように表情を硬くした。

「ルイスは、来ないんだ」

アルレットはレーヴァンの言葉を聞き、目を見開いた。

それから小さな身体を震わせ、何か言おうとしていたが、黙ったまま口を閉じる。

すると、不意にアルレットの身体から力が抜け、その場に崩《くず》れ落《お》ちた。

「アルレット！」

レーヴァンは思わず敬称をつけるのも忘れて、アルレットの名を呼んだ。

レーヴァンは、すんでのところでアルレットを抱き留める。

普段のアルレットならば、恥ずかしがるか動揺して悲鳴でも上げるところだが、彼女はレーヴァンにしがみついてきた。

そんなアルレットを、レーヴァンはしっかりと抱き締める。

「アルレット……可哀想に。こんなに震えて」

レーヴァンはアルレットの髪を優しく撫でた。

「聞いて、アルレット」

黙り込むアルレットの耳に、レーヴァンは唇を寄せる。

「アルレット、君は僕が守ってあげる。僕なら君だけを、ずっと愛するよ……だから僕と一緒に、おいで」

レーヴァンはアルレットに優しく囁《ささや》いた。アルレットは身体を震わす。

「ルイスはサンドラを選んだ。君はあの屋敷には帰れないんだよ」

レーヴァンはそう言って、動揺しているアルレットに追い打ちをかける。

アルレットは乾いた瞳から再び涙を溢《あふ》れさせて、レーヴァンを見た。

そんな彼女は、とても美しい。

そして、アルレットはレーヴァンに身体を預けた。

「いい子だね……アルレット」

レーヴァンは満足して笑みを浮かべ、アルレットを再びしっかりと抱き締めた。

そして、ぐったりとしたアルレットを抱きかかえ立ち上がる。

アルレットは泣き疲れて、意識を失ってしまったようだ。

レーヴァンは彼女の横顔を愛《いと》おしく見つめたあと、振り返ることなく言葉を投げる。

「いつまで、そうしているの？」

「……気付いてたんだ」

レーヴァンの背後にある柱の陰から、エラルドが姿を現した。

レーヴァンはエラルドを鼻で笑う。

「まさか、それで気配を消したつもり？　副長様も大したことないね」

エラルドはその言葉に瞬間ムッとした表情になった。

「レーヴァンだってルイスのこと、言えないよね。アルレットちゃんと何しているの？」

弱みを握ったとでも言わんばかりに、エラルドは強い口調で話す。

「……レーヴァン、取引しよう。このことを公表されたくなければ、ルイスたちにもう一度話し合う機会を与えてよ」

エラルドは鋭《するど》く睨《にら》むが、レーヴァンはやれやれと首を横に振った。

「下らないね。取引にならない」

「じゃあ、みんなにこのことを……」

「君も本当に、甘いね。今ここにいるのは、君と僕とアルレット嬢だけだ。会場にいる団員たちは皆酔い潰れ、床に転がっている。ちゃんと確認済みだから。で、目撃したのはエラルド、君だけなんだよ。君がなんの証拠もなしに公表したとしたら、僕は勿論《もちろん》否定をする。皆が王太子の僕と副長でしかない君の話のどちらを信じるかは、想像に容易《たやす》い。それどころか君自身の立場が悪くなり、ルイスと一緒に罪に問われて終《しま》いだ」

レーヴァンの言葉に、エラルドは何も言うことができなかった。

彼がいくら騎士団の副長だとしても、王太子のレーヴァンに比べれば信用などないに等しい。もし、エラルドを信用する者がいたとしても、王太子に楯突《たてつ》いてまで味方をしてはくれないことを、彼自身も理解しているのだろう。

それに、レーヴァンとアルレットのことが表沙汰《おもてざた》になるということは、ルイスとサンドラのことも社交界に知れ渡るということだ。

そうすれば、以前流れた噂話が再び持ち上がり、ルイスは今度こそ無事では済まない。

エラルドは、悔《くや》しそうに唇を噛んだ。

「もういいかな？　僕はアルレット嬢を連れて帰らないといけないんだけど」

黙り込み、項垂《うなだ》れるエラルドに、レーヴァンはふと思い出して口を開く。

「あ、そうだ。……大事なことを言い忘れたよ。僕の許可なく僕のアルレットに近寄らないでね。ルイスにも、ちゃんと伝えておいて」

レーヴァンはそれだけ言うと、アルレットを抱《かか》えたまま馬車に乗り込む。

エラルドは、それをただ呆然《ぼうぜん》と見送っていた。

第七章

「……んっ」

眩《まぶ》しさを感じてアルレットがゆっくりと目を開けると、見慣れない天井《てんじょう》があった。

周りを見回し、静かに身体を起こす。

(確か……私、ルイス様を待っていて……それからレーヴァン様と話して……)

まだ働かない頭に、ぼんやりと昨夜のことが浮かぶ。

思い出そうとするが、記憶がはっきりしない。

「お目覚めでございますか」

急に聞こえた声に、アルレットはビクッと身を縮めた。

気配を感じなかったがゆえに、誰かがいるとは思わなかった。

アルレットは声の主《ぬし》を見る。

初老の女性が扉の前で、人好きのする笑みを浮かべていた。

「あ、の……」

「お初にお目にかかります、ゾラでございます。アルレット様」

名乗っていないはずなのに名前を呼ばれて、アルレットは困惑する。

「……私のことをご存じなのですか？」

ゾラはクローゼットを開けドレスを選びながら、アルレットの問いに頷いた。

「はい、存じ上げております。お話はレーヴァン様から伺っておりますので……。私はレーヴァン様の乳母《うば》でございます」

「レーヴァン様の……ということは、ここは⁉」

アルレットは驚愕《きょうがく》して、思わず大きな声を上げてしまう。

だが、はしたないと気付き、急いで口に手を当てた。

ゾラはそんなアルレットの様子を見て、穏やかに微笑む。

「城の中でございます」

『……だから僕と一緒に、おいで』

アルレットは、昨夜のレーヴァンの言葉を思い出し、顔を一気に熱くした。

心なしか、鼓動が速く感じる。

（まさか、本気だったの……？）

「アルレット様、お召し替えいたしましょう。僭越《せんえつ》ながら、私がお手伝いいたします」

呆然《ぼうぜん》とするアルレットは、ゾラに言われるがまま、ドレスを着替えた。

昨夜のドレスは純白で美しかったが、着替えたドレスも同じ純白だった。

だが、形も刺繍《ししゅう》などもまるで違う別物だ。

「こちらのドレスは全て、レーヴァン様が昨夜お帰りになられるなり、急遽《きゅうきょ》用意されたものでございます。本当に驚きました。アルレット様をお抱《かか》えになり、お戻りになられましたので」

嬉しそうに話すゾラに違和感を覚え、アルレットは顔を曇《くも》らせた。

「……あの。私が言うのもおかしいのですが、何故そのように喜ばれているのでしょうか。私などがレーヴァン様と、その、ご一緒にいるのは、いいのでしょうか……」

レーヴァンは婚約者であるサンドラを置いて、弟の妻を連れて帰ってきたということだ。

これが誰かに知られたら、どんな噂が立つかわからない。非常に危険な行為だ。

アルレットは不安になって俯《うつむ》いた。

「ご心配には及びません。ここは城の離宮でございます。出入りの門も王宮とは別ですので、決して他の者の目に触《ふ》れることはございません」

ゾラはアルレットが何も言わずとも、全てを見透《みす》かしたように説明をしてくれた。

彼女が話していることは理解できるが、何が自分の身に起きているのかはわからない。

なおもアルレットが不安な顔をすると、ゾラは不意に口を開く。

「アルレット様、レーヴァン様は執務中ですので、しばらくはお戻りになりません。気分転換にお散歩に行かれてみてはいかがでしょうか」

（見知らぬ娘が離宮をうろうろしても、問題ないのかしら……）

アルレットはゾラの提案に戸惑《とまど》うが、彼女はそれを察したのか、にっこりと微笑んだ。

「ここにいるのは、侍女と執事が数人でございます。アルレット様のことは皆存じておりますので、ご安心ください。……それに、この離宮にいる者たちは、全て王太子殿下側の人間でございますゆえ」

(王太子側……？　どういう意味……？)

アルレットは困惑したが、なんとなく聞きづらい。

アルレットは曖昧《あいまい》に微笑んで、ゾラに勧《すす》められるがまま、散歩に行くことにした。

付き添ってくれるというゾラの申し出を断り、アルレットは部屋を出る。

混乱した頭を整理するため、少し一人になりたかった。

アルレットは歩きながら、ぐるりと辺《あた》りを見回す。

ゾラの言う通り、使用人の姿はほとんど見られない。

(離宮とはいえ城の敷地内なのに、本当に随分《ずいぶん》と人が少ないのね)

アルレットは暫《しば》し疑問を覚えたが、ふるふると首を横に振る。

(今はそんなことを考えている場合じゃない。……昨夜のことを、整理しないと。どうしてレーヴァン様は、私をここへ連れてきたのだろう)

『アルレット、君は僕が守ってあげる。僕なら君だけを、ずっと愛するよ。……だから僕と一緒に、おいで』

レーヴァンは昨夜、そう言っていた。

(……正直、レーヴァン様の言うことが理解できない。レーヴァン様とは、昨日初めて会ったはず。もし私を気に入ってくださったとしても、いきなり城に連れて帰るのは、あまりに強引すぎるわ……しかも実の弟の妻を……)

そこまで考えて、アルレットは心臓が握り潰されるような思いがした。

「ルイス様……」

結局ルイスは、アルレットのもとに来ることはなかった。

(レーヴァン様もおっしゃっていたけれど……ルイス様はサンドラ様を選んだ……)

抱き合っている二人を思い出し、アルレットは気分が悪くなってくる。

「っ……」

アルレットは壁に手をつきながら、どこに向かうわけでもなく、ただ長い廊下を歩く。

(泣いてはだめ……大丈夫。我慢は慣れているじゃない)

アルレットはふと立ち止まり、窓の外を眺めた。

そこから見える中庭は手入れが行き届いており、たくさんの花々が咲き乱れている。

その中心に噴水を見つけた瞬間、急に胸の中に靄《もや》が立ち込めた気がした。

「……なんだろう」

アルレットはしばし立ち止まったまま、思考に耽《ふけ》る。

(何か……見覚えがあるような)

アルレットは理由を探ろうと記憶を辿るが、わからない。

なんとか思い出そうと首を捻《ひね》っていた、その時——

「一体どういうことなの!?」

少し離れた場所から怒鳴り声が聞こえ、アルレットの身体はビクッと跳《は》ねた。

(な、何事……？)

アルレットは声の聞こえる方向へ、音を立てないようにゆっくりと歩く。

そして曲がり角で立ち止まると、階段の下に誰かがいるのが見えた。

声の主《ぬし》の女性は、一方的に怒鳴り散らしている様子だ。

怒鳴られているのは……レーヴァンだった。

しかし当人は、飄々《ひょうひょう》としている。

「どうと申されても、先ほどご説明した通りですよ、伯母上《おばうえ》」

バチンッ。

次の瞬間、鈍《にぶ》い音が響いた。

頬に平手打ちを受けたレーヴァンは顔を伏《ふ》せる。

そのため、女性からはレーヴァンの表情は見えないだろうが……アルレットにはしっかりと見えていた。

レーヴァンが、笑っているのが。

(伯母上《おばうえ》ということは……レーヴァン様を叩いたのは、国王陛下の姉君であるマグダレーナ様……？　それに、どうしてレーヴァン様は笑って……)

「何をしている」

アルレットが戸惑《とまど》う間もなく、すぐに別の人の声が響く。

レーヴァンは顔を上げると、その人を真っ直ぐ見据《みす》えた。

「父上」

（国王陛下まで、いらっしゃるなんて）

公爵令嬢として何度かお目通りしたことはあるが、やはり国王であるマクシムが目の前にいるとなると慄《おのの》いてしまう。

マクシムは実年齢よりも若く見え、顔立ちはルイスによく似ている。

突然登場したマクシムを見て、マグダレーナは甲高《かんだか》い声を上げた。

「マーくん、聞いてくれる!?」

「姉上……その呼び方はいい加減おやめください」

マクシムは非常にばつの悪そうな顔でマグダレーナに注意する。

マクシムの背後には従者が数名控えており、しっかり聞かれてしまったようだ。面子《めんつ》は丸潰れだろう。

「それよりも、ウチの可愛いサンドラちゃんと婚約破棄って、どういうことなのかしら!?」

マグダレーナは顔を真っ赤にして、声を荒らげる。

「落ち着いてください、姉上。……レーヴァン、それは本当のことか？」

「はい、異論ございません」

「……私も聞いていないぞ」

平然と答えるレーヴァンに、マクシムは顔を曇《くも》らせた。

レーヴァンは飄々《ひょうひょう》とした表情のまま、改めて口を開く。

「ちょうどいい、父上にも聞いていただきたい。実は先日、サンドラの不貞行為を目撃してしまいまして……」

「サンドラがか？」

目を見開くマクシムに、レーヴァンは頷いた。

「そうです。まさか婚約者に裏切られるとは夢にも思わず、本当に驚きましたし、残念でなりません。僕にとってとても辛《つら》い決断ではありますが、サンドラとの婚約は破棄するしかないと思っております」

レーヴァンは、いかにも悲しそうな表情を浮かべる。

それを見たマグダレーナは、再び声を荒らげた。

「サンドラちゃんがそんなことするはずがないわ！　でたらめよ！　証拠はないのでしょう⁉」

「エラルドも目撃しております。それに伯母上《おばうえ》は、まさかこの僕が嘘をついているとでも、おっしゃるのですか」

レーヴァンはそう言うと、マグダレーナに鋭《するど》い視線を向けた。

マグダレーナも、負けじとレーヴァンを睨《にら》む。

「それしか考えられないわ！」

「それは聞き捨てなりませんね」

レーヴァンは怒った様子もなく、冷静に答えた。

一方のマグダレーナは、頭に血が上ったようで、一層まくしたてる。

「煩《うるさ》いわね！　兎《と》に角《かく》、うちの可愛いサンドラちゃんが、浮気しただなんてあり得ないわ！　あの子は淑女の鑑《かがみ》よ⁉　蝶《ちょう》よ花よと育てたのよ！」

ずっとその様子を覗《のぞ》いていたアルレットは、ふと疑問を覚えた。

（サンドラ様は、今は淑女なのかもしれないけれど、以前は騎士団に所属していたこの国唯一の女性騎士。蝶《ちょう》よ花よと育てられたという感じはしないけれど……）

レーヴァンやマクシムも同じことを思ったようで、微妙な表情をしている。

少しの間をおいて、レーヴァンはふっと鼻を鳴らした。

「それは失礼いたしました。蝶《ちょう》よ花よと育てるということが、愛する娘を怪我《けが》するだけでなく、命の危険すらある騎士団に所属させることだとは知りませんでした。勉強になりましたよ、伯母上《おばうえ》」

レーヴァンに嘲笑《ちょうしょう》されたマグダレーナは、わなわなと怒《いか》りに震えている。

「そんなことはどうでもいいの！　絶対に、サンドラちゃんとの婚約破棄なんて許さないわ！」

「それは無理ですね。サンドラは不貞をはたらいた。これは王太子である僕に対する裏切り行為で、侮辱《ぶじょく》に値《あたい》する。まさか、この意味がおわかりにならないわけではありませんよね。僕は寛大なので婚約破棄だけで済ますつもりでいます。ですが、これ以上異論を唱《とな》えるなら、サンドラにはそれなりの処罰を考えなければなりませんね。サンドラを庇《かば》うようなら、無論伯母上《おばうえ》にも。あぁ……なんでしたら、先ほどの平手打ちと、僕を嘘つき呼ばわりしたという不敬罪を付け加えましょうか？」

レーヴァンが言うと、マグダレーナは床に座り込んでしまった。

そんな彼女を、レーヴァンは容赦《ようしゃ》なく追いつめる。

「どうされますか？　このまま大人しく引き下がるのでしたら、今回のことは目を瞑《つぶ》りましょう。伯母上《おばうえ》？」

レーヴァンは、マグダレーナを見下ろす。

マグダレーナは青ざめ、何か言いたげだが、言葉にならないようだった。

見かねたように、マクシムがレーヴァンとマグダレーナの間に立つ。

「レーヴァン、その辺にしておきなさい。姉上ももうお帰りください。今日、私は何も聞いていませんｏ。無論この場にいる誰もが同じです。……これ以上は、私も姉上を庇《かば》いきれません」

マグダレーナは、レーヴァンを恐ろしいものでも見るように一瞥《いちべつ》すると、覚束《おぼつか》ない足取りで去っていった。

マクシムは大きくため息をつくと、レーヴァンを振り返る。

「……レーヴァン、話がある。あとで私のところへ来るように」

「承知いたしました、父上」

レーヴァンは丁寧にお辞儀《じぎ》をする。それを見たマクシムは、何も言わずに去っていった。

マクシムの姿が見えなくなったあと、レーヴァンはまた笑った。

（なんだか、見てはいけないものを見てしまった気がする。盗み見した私が悪いのだけれど、レーヴァン様の裏の顔を見せられた気分。なんだか少し怖い……昨日は、あんなに穏やかで、優しい人だと思ったのに……嫌でも顔を合わせることになるのに、どんな顔をすればいいの）

身体中の血の気が、サーッと引いていくように感じる。

だが、その一方で、アルレットはレーヴァンの自信に満《み》ち溢《あふ》れた顔から目を離せないことに気付いてしまった。

（なんだか落ち着かない。心なしか鼓動も速く感じる。そういえば、昨夜……）

アルレットの頭に、レーヴァンに抱き締められたことが過《よぎ》る。

（なんでこんな時に。私ったら、何考えて……）

「お待たせ、アルレット嬢。そこに隠れてるのは知ってたよ」

アルレットがしばらく考え込んでいると、唐突に名前を呼ばれる。

いつの間にか、レーヴァンがアルレットの隣に立っていた。

「……っ。レーヴァン様!?」

アルレットは悲鳴を上げ、思わず数歩後退《あとずさ》ってしまう。

「おっと、大丈夫？」

よろけたアルレットをレーヴァンは抱き留めた。

「あ、ありがとう、ございます……」

アルレットはたどたどしくお礼を述べる。

（恥ずかしい……）

アルレットがおそるおそる視線を上げると、レーヴァンに顔を覗《のぞ》き込《こ》まれていた。

そしてハッとして、声を漏らす。

「あ……」

「どうかした？」

アルレットは不思議そうなレーヴァンの顔をじっと見つめると、手を伸ばす。

「あ、の……頬が赤くなって……大丈夫ですか？　早く冷やさないと」

レーヴァンの頬は、マグダレーナに平手打ちを受けたせいで赤くなっていた。

アルレットは眉根を寄せる。

「ありがとう。……優しいね、アルレット嬢は」

不意に、レーヴァンに手を重ねられる。その手は冷たかった。

アルレットはまた恥ずかしくなり、一瞬にして顔が熱くなる。

「さあ、戻ろうか」

アルレットの気持ちなど知らず、レーヴァンは穏やかな笑みを浮かべる。

アルレットはなんとか頷くと、レーヴァンとともに廊下を引き返した。

部屋に戻ると、ゾラが部屋で雑用をこなしていた。

アルレットはゾラに冷えた布巾を用意してもらうと、レーヴァンの頬に当てる。

アルレットが心配で見ていると、レーヴァンは優しく微笑んだ。

「ありがとう、もう大丈夫だよ」

レーヴァンの言葉に、アルレットも微笑む。

「レーヴァン様、アルレット様、お茶のご用意ができました」

レーヴァンの頬を冷やしている間に、ゾラがお茶を用意してくれたようだ。

アルレットとレーヴァンは向かい合わせに座る。

「さて、何か聞きたいことがありそうだね」

アルレットが口を開く前に、レーヴァンはそう言った。

確かに聞きたいことは色々とある。だが、どこまで聞いていいのか、アルレットには判別できない。

悩むアルレットに、レーヴァンは少し意地の悪い笑みを浮かべた。

「大丈夫だよ、答えられないことは答えられないと、ちゃんと言うから。嘘を教えたりもしないから、安心して？」

レーヴァンに何もかも見透《みす》かされているように感じ、アルレットは怖くなる。

戸惑《とまど》いながらも、アルレットは口を開いた。

「では、レーヴァン様は……サンドラ様との婚約を破棄されるのですか」

「そうだね」

あっさりと認《みと》めたレーヴァンに面食らいながら、アルレットは質問を重ねる。

「理由は、サンドラ様が不貞を働いたからですよね……。でも、レーヴァン様は国王陛下に、ルイス様のことはお話しになりませんでした。ルイス様を庇《かば》ってくださったのですか」

王太子の婚約者であるサンドラの不貞は、罪に問われる行為ではある。

だが、弟のルイスが兄の婚約者を寝取ったとなれば、無論ルイスのほうが重罪になるだろう。

それに、以前からルイスとサンドラの悪い噂はある。

一度レーヴァンが今回のことを公表してしまえば、ルイスが身の潔白《けっぱく》を証明するのは難しいに違いない。

レーヴァンも実の弟が罪を背負うのは心苦しいのかと思ったが、彼は首を左右に振った。

「ちょっと違うかな。僕はルイスを庇《かば》ったわけじゃない」

その言葉にアルレットは眉根を寄せ、レーヴァンを見た。

「アルレット嬢。僕はね、君が思うほど、善良な人間ではないんだよ」

レーヴァンは笑みを浮かべているが、心情が全く読めない。

（もしかして、先ほど垣間見《かいまみ》たように感じた、裏の顔があるのかも……）

アルレットの思考を遮《さえぎ》るように、レーヴァンが言う。

「あぁ、いい香りだね。アルレット嬢も飲みなよ、冷めてしまうよ？」

レーヴァンは用意されたお茶に口をつけた。

レーヴァンが優雅にお茶を啜《すす》る姿は、絵に描いたように綺麗だ。

促《うなが》されるまま、アルレットもお茶を口にした。

けれど、どうにも落ち着かない。

「レーヴァン様……」

そこまで言って、アルレットは俯《うつむ》いた。

レーヴァンは静かに、アルレットが話し始めるのを待ってくれる。

暫《しば》しの沈黙ののち、アルレットは口を開いた。

「私は……どうしたら、いいのでしょうか。レーヴァン様は私をこちらにお連れになりましたが、私を……どうなさるおつもりですか」

アルレットは顔を上げ、瞳に力を込めて真っ直ぐにレーヴァンを見る。

すると、レーヴァンはにっこりと笑った。

「アルレット嬢、それは君自身で決めることだよ」

「私が、ですか……」

レーヴァンの意外な返答にアルレットは戸惑《とまど》った。

自分自身で判断をするように言われるのは、生まれて初めてだからだ。

(今まで私の意思を聞いてくれた人なんて、誰一人としていなかったのに)

動揺するアルレットに、レーヴァンは頷く。

「もし、今すぐにでもルイスのもとへ戻りたいと君が望むなら……送らせるよ。でも、君が戻りたくないなら……このままずっと、ここにいてくれて構わない」

いざ自分で選択するとなると、どうしたらいいのかわからない。

困惑しながらレーヴァンを見ると、レーヴァンもまた真っ直ぐアルレットを見ていた。

「決めかねているなら、今すぐ決める必要はないよ。戻りたいと思ったらいつでもここを出ていってもらって構わない。僕は、無理強《むりじ》いはしないよ。……まあ、僕としては、アルレット嬢にずっとここにいてもらいたいというのが本音だけどね」

（まるで、口説《くど》かれているみたい……）

レーヴァンは冗談のつもりだろうが、免疫《めんえき》のないアルレットはどきどきしてしまう。

彼の言葉に、アルレットは静かに頷いた。

「レーヴァン様……わかりました。お言葉に甘えさせていただきます。私に、少し時間をください」

「ルイスには僕から伝えておくよ。アルレット嬢は余計なことは考えなくていい。君自身がどうしたいかだけを考えるんだよ。それにもし、アルレット嬢がルイスにもう会いたくないなら、代わりに僕が離縁の手続きをするから、安心してね？」

意地悪そうにレーヴァンは笑う。

（どこまでが冗談で、どこまでが本気かわからないわ……）

アルレットは苦笑するしかなかった。


アルレットが離宮に来て、早くも十日が過ぎてしまった。

レーヴァンは公務で忙しいにもかかわらず、必ず毎日、朝と夜にアルレットに会いに来る。

今日もアルレットが支度《したく》を終えた頃を見計らったように、部屋の扉が叩かれた。

現れたのは、もちろんレーヴァンだ。

「おはよう、アルレット嬢」

「おはようございます、レーヴァン様」

それから束《つか》の間《ま》、たわいない会話をする。

そして、レーヴァンは公務へと向かう。

「行ってくるね、アルレット嬢」

「行ってらっしゃいませ、レーヴァン様」

アルレットは笑顔でレーヴァンを送り出すと、散歩をするべく一人で部屋を出た。

アルレットは中庭にある噴水に腰掛ける。

なんとなく、ここに来るのが日課になってしまった。

レーヴァンに自分で選択するように言われたものの、アルレットは未だ自分自身がどうしたいのかわからない。

（ルイス様はどうしているのだろう。レーヴァン様とサンドラ様が婚約破棄するのなら、もしかしたらサンドラ様は、ルイス様の屋敷にいるのかもしれない……）

そうなれば、今さら屋敷に戻ったところで、アルレットの居場所はない。

ルイスはサンドラのことが好きなのだから、邪魔者の自分は追い出され、離縁されるだろう。

アルレットがいくら離縁したくないと言ったところで、惨《みじ》めなだけだ。

ただ、離縁するにしてもしないにしても、ルイスとは話さなければならない。

レーヴァンは自身が離縁の手続きをすることもできると言っていたが、このままルイスと話し合いもせずに、人任せにすることはできない。

「はぁ……」

アルレットはため息をつくと、噴水の水に触《ふ》れた。

この噴水を初めて見た時に覚えた違和感の正体も、未だにわからない。

(胸がもやもやして……何か、思い出しそうな……)

「アルレット嬢」

突然、この数日で聞き慣れた声が耳に飛び込んでくる。

「レーヴァン様!? あの、どうして……お仕事は……」

アルレットは、急に現れたレーヴァンに驚く。

「少し予定の変更があってね、時間ができたんだ」

レーヴァンはそう言って、アルレットの隣に腰を下ろすと微笑んだ。

「だから、今日は僕に付き合って欲しいんだ。アルレット嬢、おいで。僕の秘密を教えてあげるよ」

そう言ったレーヴァンにアルレットが連れていかれたのは、今は使われていないという離宮の西側に位置する古い塔だった。

中に入ると、昼間だというのに薄暗く、空気がひんやりとしているように感じた。中央には螺旋《らせん》階段《かいだん》があり、ずっと上へと続いている。

途中レーヴァンに手を借りながら、アルレットは長い螺旋階段《らせんかいだん》を上り、塔の上までなんとか辿り着いた。

塔の上は陽射しが差し込んでおり、景色が一望できる。

城下町のもっと先まで見える。こんな景色を見るのは初めてだ。

「綺麗……」

アルレットは美しい光景に思わず声を漏らした。

「ここは、僕の秘密の場所なんだよ。この場所はルイスやサンドラ、エラルドだって……誰も知らないんだ」

そう話すレーヴァンの横顔はまるで、普通の青年に見えた。

いつも仮面をつけているように完璧《かんぺき》な表情を崩《くず》さないレーヴァンが、屈託《くったく》のない笑顔になる。

(以前見た自信に満《み》ち溢《あふ》れた顔も素敵だったが、今のレーヴァンも素敵だと思う)

「どうしたの？　アルレット嬢」

「へっ……い、いえ！」

ぼうっとしてレーヴァンを見ていたアルレットは、我に返って変な声を上げてしまった。急いで口を押さえる。

(はしたない……それに、失礼よね)

すると、レーヴァンはくすりと笑った。

「本当に可愛いね、アルレット嬢は」

こういう時、レーヴァンは口が上手だと、アルレットは実感する。

まだ十日ほどしかレーヴァンとは関わっていないが、彼は歯の浮くような台詞《せりふ》を、恥ずかしげもなくさらりと言ってのける。

(そういうことを毎日言われると、正直恥ずかしいし、心臓が持たないわ)

そう考えて、アルレットはふとルイスを思い出した。

ルイスは寡黙《かもく》で、口下手《くちべた》だ。仏頂面《ぶっちょうづら》で、ほとんど笑わない。

(同じ兄弟なのに、正反対よね。外見もそう。レーヴァン様もルイス様も美男子だけれど……あまり似てない気がする)

「何考えてるの？　もしかして、ルイスのこと？」

レーヴァンの声によって、アルレットの思考は中断された。

気のせいかもしれないが、レーヴァンが少し苛立《いらだ》っているように見える。

「あの……その……」

アルレットは俯《うつむ》く。するとレーヴァンが唐突にアルレットを引き寄せ、抱き締めた。

「レーヴァン様!?　あ、あの!?」

アルレットは驚きの声を上げるが、次の瞬間にはあっさり解放される。

アルレットは拍子抜けした。

「レーヴァン、様？」

「ちょっと、意地悪しただけだよ」

レーヴァンはそう言いながら笑う。

アルレットは揶揄《からか》われたと気付き、頬を膨らませると、そっぽを向いた。

それを見て、レーヴァンはまた笑った。

「ねぇ、アルレット嬢。僕の内緒《ないしょ》の話、聞いてくれる？」

「内緒《ないしょ》の話……ですか？」

アルレットがきょとんとしながら問うと、レーヴァンは頷いた。

「僕とルイスを見てどう思う？」

レーヴァンの意外な問いに、アルレットは眉をひそめた。

どうと言われても、曖昧《あいまい》すぎて答えるのが難しい。

「それは、どういう意味ですか」

「何か気付くこととかない？」

アルレットの頭には先ほど考えていたことが過《よぎ》るが、言ってよいものか悩む。

だが、意を決して口を開いた。

「……あまり似ていないと、思います」

アルレットの言葉に、レーヴァンは笑った。

「それはなんでだと思う？」

愉《たの》しそうに話すレーヴァンに、アルレットはなんだかまた揶揄《からか》われている気分になる。

どう答えていいか迷い、結局答えは出なかった。

「……わかりません」

「それはね……僕が妾腹《しょうふく》の子だからだよ」

レーヴァンの答えに、アルレットは唖然《あぜん》とした。

「……でも、ルイス様とは、実の兄弟では……」

「僕とルイスは腹違いの兄弟なんだ。ルイスは王妃の実子だけどね」

アルレットは目を見開いた。

現在、王妃は不在だ。

九年ほど前に王妃は病気で亡くなり、それからは他の妃《きさき》から取り立てることもなく、空白のままになっている。

理由は、既《すで》に後継となる王子が三人いることと、昔、後宮内で争いが起きたこととされていた。

だが、実際には不明である。

噂では、現国王のマクシムが亡き王妃を寵愛《ちょうあい》しており、他の妃《きさき》を王妃にすることを許さなかったとも言われている。

（王子二人は、王妃の子だと聞いていたけれど……）

従兄《いとこ》にあたるエラルドは王子と称されているが、第三王子にはあたらない。ゆえにこの二人はレーヴァンとルイスのことに他ならない。

愕然《がくぜん》とするアルレットをよそに、レーヴァンは語り始めた。

「僕の産みの母はね、後宮の中で一番地位が低く、同じ愛妾《あいしょう》たちからさえ蔑《さげす》まれていたんだ。母は子爵家出身の下位貴族だったからね。父上が舞踏会で母に一目で心を奪われ、周囲の反対を押し切り、無理やり後宮へ召し上げたらしい」

アルレットは、じっとレーヴァンの話に耳を傾ける。

彼が言うには、当時の後宮は公爵令嬢や侯爵令嬢などの高位貴族出身者ばかりで、下位貴族の令嬢には身の置き場があるはずがなかったそうだ。

レーヴァンの産みの母、テレシアも例外ではなく、側妃《そくひ》や愛妾《あいしょう》たちからさえ酷《ひど》い苛《いじ》めを受けていた。

それでもテレシアは必死に、誰一人味方のいない後宮の中で耐えた。

テレシアは絶世《ぜっせい》と呼ばれるほど美しい女性だった。

それゆえにマクシムの寵愛《ちょうあい》を一身に受けるが、そのせいで後宮の女性たちからはさらに反感を買い、苛《いじ》めは酷《ひど》くなっていったそうだ。

やがて彼女は命を狙われるようになる。

その手口は陰湿で、食事だけでなく化粧品類やハンカチに毒を盛られるなど、日に日に巧妙《こうみょう》になり、回避するのも難しかった。

そのたびにテレシアは生死の境《さかい》を彷徨《さまよ》い、次第に身体は毒に侵《おか》されていった。

そんな時、テレシアは子を孕《はら》んだ。

苦境の中、テレシアは必死にお腹の子を守り抜いたが、弱っていた身体では耐えられず、出産と同時に命を落としてしまう。

そうして生まれたのが、レーヴァンだった。

だが、産みの母を亡くし、なんの後ろ盾も持たない王子が後宮の中で生きていくのは奇跡に近い。

狼《おおかみ》の群れに羊を放り込むようなものだ。

マクシムは寵愛《ちょうあい》したテレシアの忘れ形見をどうしても失いたくないと考え、王妃に彼女が産んだ子として育てて欲しいと懇願《こんがん》した。

当時、王妃は身ごもっていた子を失ってしまったばかりだった。

マクシムはその亡くなった子の代わりにレーヴァンを実子にして欲しいと幾度《いくど》も頭を下げたため、王妃は渋々承諾《しょうだく》するしかなかったという。

この事実は公《おおやけ》には伏《ふ》せられ、レーヴァンは王妃の第一子として産まれたとされた。

また、テレシアの子は、死産とされている。

その一年後、王妃は第二王子となるルイスを出産した。

そこまで話して、レーヴァンは苦笑した。

「僕は、王妃に嫌われていたんだ。ルイスばかり可愛がられていてね。あの人は僕には関心がなく、いつも冷たく刺すような瞳で僕を見ていた。この事実を知るまでは、悩むこともあったよ。『どうして母上は僕ばかり嫌うのか、ルイスばかり可愛がるのか』ってね」

アルレットには、その気持ちが痛いほどわかった。

かける言葉が見つからず、アルレットは瞳を揺らす。

レーヴァンは少しだけ目を細めて、続きを話し出した。

王妃はレーヴァンを実子とするも、やはりお腹を痛めて産んだ我が子が可愛くてしょうがなかった。

それに比例するように、レーヴァンの存在を疎《うと》ましく思うようになっていった。

――王妃が堪《こら》えてきた感情は、ある日突然破裂《はれつ》する。

それは、王妃の子という立場に守られ、レーヴァンが無事に十歳を迎えた頃だった。

突然、王妃がレーヴァンの部屋を訪ねてきた。

レーヴァンは戸惑《とまど》った。だが、当時の彼は十歳の子供だ。

母親だと思っている王妃が自分を気にかけてくれることが嬉しく、部屋に入れた。

その時、レーヴァンの部屋には使用人は誰もいなかった。

『レーヴァン……いい子ね。こっちにいらっしゃい』

そう言った王妃の口は弧《こ》を描いていたが、目はまるで笑っていなかった。

虚《うつ》ろに微笑む王妃はレーヴァンに手を差し伸べた。

彼は恐怖を感じて逃げようとしたが、小柄《こがら》な少年は簡単にベッドに押しつけられた。

そして王妃はレーヴァンの首を掴み、きつく締め上げたのだという。

『母上っ……苦し……っ』

レーヴァンは王妃を見つめたまま意識を徐々に遠のかせたが、乳母《うば》であるゾラが帰ってきたことで、最悪の事態を免《まぬか》れることができた。

そのあとレーヴァンが気付いた時には、いつの間にかマクシムが部屋にいた。

『何故こんな愚《おろ》かなことを……』

『陛下がいけないのです！　私の子はルイスだけです!!　ルイスが王太子になれるはずだったのに！　本当ならとっくに死んでいるはずのこの子が王太子なんて、やっぱり納得できません!!』

マクシムの怒鳴り声と王妃の叫び声を、レーヴァンはぼんやりと聞いていた。

しばらくして、マクシムは従者に告げた。

『王妃を連れていけ。……処分しろ』

レーヴァンの身体は固まり、全身に鳥肌が立った。

レーヴァンは、マクシムの従者に引きずられる王妃を見た。

その瞬間、レーヴァンと王妃の視線が交差する。

彼女は刺すような冷たい目でレーヴァンを見て、言った。

『なんで、なんでよ……あなたさえ産まれてこなければ……！　テレシアと一緒に死んでしまえばよかったのよ!!』


「……たまに、夢に見るんだ。王妃が冷たい瞳で僕を見て……僕を殺そうとしてくる夢を」

レーヴァンは少しだけ眉尻を下げ、困ったように笑いながら、昔話を締めくくった。

アルレットの目からは、止めどなくはらはらと涙が溢《あふ》れてくる。

レーヴァンの話はまるで情景が浮かぶように感じられ、心がこんなにも苦しい。

「アルレット嬢……ごめんね。君にそんな顔をさせたかったわけじゃないんだ。ただ……君に僕のことを知って欲しかっただけで」

レーヴァンはアルレットの涙を指でそっと拭《ぬぐ》った。

アルレットはまだ涙を流しながら瞳を伏《ふ》せ、小さく震える。

すると、レーヴァンはアルレットを抱き締めた。

アルレットは身動《みじろ》ぐが、レーヴァンは離さない。

逃さないとばかりに、彼の腕にはさらに力が込められた。

「どうして君は、そんなに綺麗なんだろうね……」

「レーヴァン、様……？」

アルレットは動かなくなったレーヴァンに戸惑《とまど》う。

抱き締め返すことも逃れることもできず、ただされるがままでいた。

ふとレーヴァンの横顔を見ると、苦しそうな、淋《さび》しそうな顔をしていた。

アルレットの胸は痛くなる。

「レーヴァン、様……」

「アルレット、僕を選んで」

とても頼りない声が、室内に響く。

（まるで、レーヴァン様じゃないみたい……）

「君が好きなんだ……ねぇアルレット、僕を選んでよ」

アルレットはレーヴァンの言葉に、何も返すことができなかった。

レーヴァンは、アルレットをさらに強く引き寄せる。

「ルイスには、サンドラがいる。僕は君だけを生涯《しょうがい》愛すると誓う。僕は君がいてくれたら……それ以上は何も望まない、君だけでいいんだ、君が……欲しい」

（……どうしてですか、レーヴァン様。何故、私なんですか。どうしてそのように縋《すが》ってまで、弱さをさらけ出してまで、出会って間もない私にそこまで言ってくださるのですか）

アルレットの心が震えた。

「もう少しだけ……このままでいたい。そしたら……またいつもの王太子《ぼく》に戻るから……なんか、疲れたんだ」

レーヴァンはアルレットの肩に額《ひたい》を寄せ、か細い声で漏らす。

（私は、ルイス様の妻なのだから……だめ）

だめだと思いながらも、アルレットの身体は勝手に動き、レーヴァンを抱き締め返した。

（レーヴァン様……私は――）

アルレットは湧《わ》き上《あ》がる想いを閉じ込める。今は何も考えるまい。

二人はただ抱き合い、時は過ぎていった。

◆◆◆

アルレットが屋敷を出ていって、十日ほど経った頃。

ルイスの屋敷に、レーヴァンが訪れた。

そして、レーヴァンは来て早々に、ルイスに問うた。

「アルレット嬢と、離縁する意思はあるの？」

まさかそんなことを聞かれるとは思ってもみなかったため、ルイスは驚く。

「私は……アルレットと離縁はしません」

「なるほど。それで、アルレット嬢が離縁したいって言ったらどうするの？」

兄の鋭《するど》い指摘に、ルイスは一瞬言葉に詰まった。

「それは……わかりません。ですが、もう一度アルレットに会って話したい。彼女に謝りたい。ちゃんと愛していると、伝えたいんです。そして、また一からやり直して……」

「ルイス……君は本当に、どうしようもない弟だね。考える時間を与えたというのに、そんな陳腐《ちんぷ》な答えしか出せないのか。君は結局、自分のことしか考えてない。謝って、愛を囁《ささや》けば優しい彼女なら許してくれると？　それで、またやり直せると？」

レーヴァンは冷たく言い切った。

「……彼女の優しさに甘えるな」

それ以上、ルイスは何も言えなかった。


それから数日が経った。

ルイスは時々、ぼんやりとレーヴァンの言っていたことを思い出しては悩む、ということを繰り返している。

「ねー……怒ってる？」

エラルドの声に、ルイスは我に返った。そして淡々と答える。

「怒ってない」

「嘘だ！　絶対怒ってる」

「怒って、ない……」

これで何度目になるかわからないやり取りが、延々《えんえん》と続く。

ルイスは執務室で山積みの仕事をこなしているのだが、エラルドはずっと話しかけてくるのだ。

事の発端《ほったん》は、あの夜会の日。

アルレットがいなくなってしまったあと、流石《さすが》にサンドラを置いて帰るわけにはいかず、ルイスは彼女を屋敷に連れ帰った。

サンドラはそのまま屋敷に留《とど》まりたいと言ったが、ルイスはそれを素《そ》っ気《け》なく断った。

その翌日の朝にはサンドラを実家に帰したのだが、すると今度は、その日の夕方に、エラルドが屋敷に転がり込んできたのだ。

エラルドはそれからずっとルイスに張りつき、この調子だ。

ルイスはいい加減飽《あ》き飽《あ》きして、投げやりに言う。

「わかった、怒っている。それでいいか」

「あー。やっぱり、怒ってるんだ～」

（正直、かなり面倒くさい……）

帰るように言ってもエラルドは一向に帰る気配を見せず、むしろ屋敷に住みついている……

ルイスは大きなため息をついた。

あの夜会の日以来、一度も登城《とじょう》してしない。

流石《さすが》に騎士団員の様子も気になるが、嫌がらせのように山積みにされた仕事のせいで屋敷から出られず、登城《とじょう》などできるわけがなかった。

普通なら団長である自分が不在の時にこそ、エラルドに副長の役目を発揮《はっき》して欲しいところなのだが、残念ながら彼は城に行きたくないらしい。

（……頭が痛い）

ルイスはこめかみを揉《も》みほぐす。

『ルイス様』

「っ……」

ふとした瞬間に、アルレットの顔が脳裏《のうり》を過《よぎ》り、声が聞こえるような気がする。

優しく笑って自分を呼ぶ彼女が、酷《ひど》く恋しい。

離れてからまだ幾分と経っていないはずなのに。

（……やはり、私にはアルレットが必要だ）

レーヴァンにはあのように言われたが、アルレットだってきっと、自分のことを想ってくれているはずだ。

（そうだ、そうに違いない。今アルレットは、兄上に捕らえられているのも同然だ。兄上は王太子という立場を利用して、彼女を無理やり連れていき、私から奪おうとしている。……夫である私がアルレットを、兄上の手から救い出さなくては）

ルイスは拳《こぶし》を握り締め、音がするほど奥歯を噛み締めた。

(どうすれば、兄上からアルレットを取り戻せる……⁉)

「ルイス、顔怖いよー……どうしたの？」

エラルドが不安げな声を上げた。どうやら気付かないうちに、険《けわ》しい表情をしてしまっていたようだ。

「……いや。なんでもない」

ルイスは平静を装《よそお》い、書類の処理を再開する。だが、エラルドはなおも話しかけてくる。

「ルイス……これからどうするの？　アルレットちゃんを誘った僕にも責任の一端《いったん》はあるから、僕が言うのも気が引けるんだけど……アルレットちゃんのこと、諦《あきら》めるの？」

「いや。諦《あきら》めるも何も、アルレットは私の妻だ。誰にも渡すつもりはない。たとえそれが……兄上だとしてもな」

あとから話を聞けば、最初にアルレットを夜会に誘ったのはエラルドだったそうだ。

だが、途中でレーヴァンが現れて、最終的にアルレットを連れてきたのがレーヴァンという形になったらしい。

(……色々と引っかかるところはあるが、とりあえず今は置いておこう)

エラルドの言う通り、あの晩アルレットが夜会に来なければ、このような状況にはなっていなかっただろう。

(だが、そもそも兄上がサンドラをしっかりと掴まえておかなかったのが要因だ。そのせいで、

アルレットに誤解をされてしまった。私は……兄上が憎《にく》い。私からアルレットを奪った兄上が、憎《にく》い）

ルイスは、誰かに憎悪《ぞうお》を抱《いだ》くことなど今まで一度たりともなかった。

まさか自分が誰かを憎《にく》む日が来るとは思いもしなかった。

しかも相手は実兄であり王太子だ。

昔からレーヴァンとの仲は悪くなかったが、決してよいわけでもなかった。

だが、ルイスはレーヴァンのことが嫌いではなかったし、むしろ尊敬すらしていた。

レーヴァンは聡明《そうめい》で、何をしても優秀だ。

剣術の腕前はルイスには劣《おと》るが、副長のエラルドには匹敵《ひってき》するはずだ。

だが、実際は不明である。

その理由は、レーヴァンとは誰も本気で手合わせをしたことがないからだ。

……一度を除《のぞ》いて。

ルイスは昔、一度だけレーヴァンと真剣に手合わせをしたことがある。

その時、ルイスはレーヴァンを打ち負かしたのだが、周囲の大人たちからは称賛されるどころか『王太子を立てるように』『王太子殿下に恥をかかせるな』と怒られてしまった。

それからルイスは、わざとレーヴァンに負けるようになった。

それについて、ルイスは別段不満を感じてはいなかった。

それが当たり前なのだと思っていたからだ。

（だが、相手が王太子であっても、アルレットは譲れない）

レーヴァンがアルレットを返さないつもりなら、ルイスにも考えがある。

立ち回りや戦略では、レーヴァンには敵《かな》わない。

ならばルイスができることは、一つしかない。

（アルレットは絶対に、返してもらう）

ルイスは思い立って、文章を認《したた》める。

そして出来上がった封書を手にすると、ちょうど部屋に入ってきたミランに渡した。

「ミラン、これを兄上に届けてくれ」

「……ルイス様、これは」

ミランはそれが何かを察したようで、表情を曇《くも》らせ、ルイスを見る。

だがルイスは、眉一つ動かさなかった。

「心配する必要はない。私は兄上には、絶対に負けない」

ミランは何か言いたげだったが、諦《あきら》めたように部屋を出ていった。

「……レーヴァンと、本気で闘《たたか》うの」

ルイスが振り返ると、エラルドに真っ直ぐ見つめられる。

彼にも、封書の正体がわかったらしい。

不安そうなエラルドに、ルイスは不敵な笑みを浮かべた。

「愚問《ぐもん》だな」

「いつにしたの」

「三日後だ」

ルイスの答えを聞いたエラルドの顔は、蒼白《そうはく》になる。

「……ねぇ、ルイス。まさか、殺したりしない、よね……」

「どうだろうな」

ルイスの言葉に、エラルドは息を呑んだ。

「冗談だ。真《ま》に受けるな」

ルイスはエラルドの顔を見て、今度は可笑《おか》しくなって笑った。

◆◆◆

その日の夜。レーヴァンは執事のヨゼフから一通の封書を受け取り、中身を検《あらた》めた。

「……決闘状、か。なるほど。流石《さすが》にこれは予想外だったな。本当に、困った弟だ」

口先では困ったと言いながらも、レーヴァンの唇はいかにも愉快《ゆかい》そうに弧《こ》を描いていた。

「確かに受け取った。そうルイスに伝えて」

ヨゼフは主人に一礼して、部屋を出ていく。

そして、レーヴァンは受け取った封書を蝋燭《ろうそく》の火で燃やし、笑った。

第八章

アルレットがレーヴァンと西の塔に行ってから、数日が経った。

アルレットはまだ決断を迷っており、城の離宮で過ごしている。

夜も更《ふ》け、そろそろアルレットが床《とこ》に就《つ》こうと思っていた矢先、突然レーヴァンがやってきた。

こんな時間にレーヴァンが訪ねてくるのは、初めてだ。

(何か、あったのかしら……)

そして、彼はアルレットを外へと連れ出す。

「あの、レーヴァン様。どちらへ……」

こんな遅い時間に一体どこへ行くのだろうかと、アルレットは戸惑《とまど》った。

レーヴァンは中庭の噴水の前で立ち止まると、アルレットに座るように促《うなが》した。

アルレットは素直に噴水の縁《ふち》に腰を下ろすと、彼を見る。

レーヴァンは、アルレットではなく空の月を見上げていた。

今夜はちょうど満月だ。

「少し話したいことがあるんだ」

レーヴァンは月を見つめたまま、そう言った。

（綺麗……）

アルレットはレーヴァンの横顔を見て思った。

男性に綺麗というのは失礼かもしれないが、そう思わざるを得ないほどに美しい。

「実はね、ルイスが僕に決闘を申し込んできたんだ」

レーヴァンの唐突な言葉に、ぼうっと彼に見惚《みと》れていたアルレットは驚き、目を見開いた。

（けっとうって、あの決闘？）

当たり前のことを頭の中で確認してしまうほど、動揺する。

そんなアルレットをよそに、レーヴァンは淡々と続けた。

「無論、受けたよ。決闘を申し込まれて受けないなんて、男として恥ずべきことだからね。明日、王宮で行《おこな》われるんだ。君にも見届けて欲しい」

「そんな、レーヴァン様っ……。決闘など……」

「ルイスは僕との決闘に勝って、君を取り戻そうとしている」

アルレットは意外な理由にさらに驚いた。

（ルイス様はサンドラ様が好きなのだから、サンドラ様を手に入れるためではないの？　どうして私なの……？）

アルレットは混乱しながら、なんとかレーヴァンに問いかける。

「それはどういうことでしょうか……ルイス様は、私ではなくサンドラ様を……」

「サンドラはもう自由の身だ。わざわざ僕に決闘を申し込んで奪うなど、意味がない」

アルレットは、レーヴァンとサンドラが正式に婚約破棄したのだと理解した。

ならば、余計にわからない。

ルイスは一刻も早く愛するサンドラを迎え入れたいはずだ。

すぐにでもアルレットと、離縁したいはずだ。

それなのに、アルレットを取り戻すために決闘をするなど、矛盾している。

「わかりません……何故ルイス様は……」

「ルイスはね、どちらかを選ぶことなどできないと言ったんだ。サンドラのこともアルレット嬢のことも、手放したくないんだって。欲張りだよね、ルイスは」

「ルイス様が……」

レーヴァンはそう言うが、アルレットは少し違和感を覚えた。

(ルイス様が、本当にそんなことを言ったのかしら。彼は不器用で少し誤解されやすいけれど、生《き》真面目《まじめ》で優しい人。でも、レーヴァン様が嘘をつく理由もわからないけど……)

アルレットの胸の中は、なんとなく落ち着かない。

すると、突然レーヴァンが悲しげに顔を歪《ゆが》ませた。

「アルレット嬢、ごめんね。僕のせいで、君を傷つけてしまっている……兄として僕が不甲斐《ふがい》ないばかりに、ルイスはあんな風になってしまったんだ。全て、僕のせいだ……」

「そんなっ、レーヴァン様……レーヴァン様は悪くありません」

アルレットは慌《あわ》てて首を横に振って、否定する。

（やっぱり、こんな風に責任を感じ、自分自身を責めているレーヴァン様が嘘などついているはずがないわ。少しでも疑ってしまった自分が恥ずかしい）

「ねぇ、アルレット嬢」

アルレットが反省していると、レーヴァンはぽつりと呟いた。

レーヴァンは珍しく俯《うつむ》いており、アルレットには彼の表情が見えない。

「君自身の答えは決まったの？」

「いえ……」

アルレットは曖昧《あいまい》に返事をする。

（私は、まだ迷ってる……自分で決断することが怖い……どちらを選んでも後悔するのではないかと……）

「なら……まだ、間に合うかな……」

話が全く見えない。アルレットは彼の言葉を待った。

「僕がもし、決闘に勝ったら……君を、僕にくれる？」

レーヴァンの言葉に、アルレットは驚いた。

（塔に行った時も、そのようなことをおっしゃっていたけれど、まさか本気なの？　この期《ご》に及んで、冗談を言っているようには思えないけれど……）

だが、アルレットは、ルイスの妻だ。「わかりました」なんて言えるはずがない。

ならば断ればいいのだが――アルレットは、否定も肯定もできずにいた。

（断らなくちゃ。今後、ルイス様と離縁することになったとしても、レーヴァン様は関係ないのだから）

「アルレット」

突然レーヴァンから名前を呼ばれて、心臓が跳《は》ねた。急に鼓動も速くなる。

（頭がくらくらする）

名前を呼ばれただけなのに、彼の想いが伝わってくるようで……苦しい。

（この人を、傷つけたくない……）

どうしてか、アルレットはそう強く思ってしまった。

アルレットには、自分自身がルイスのもとに戻りたいのか、ここに残りたいのか、まだわからない。

だが、自分が取るべき行動は理解していた。

「レーヴァン様、私は……」

アルレットは意を決して、レーヴァンに話しかける。

けれど彼は、一向にこちらを見ようとしない。

彼らしくない。いつも自信に満《み》ち溢《あふ》れた彼は、今はどこにもいない。

まるで、何かを恐れているように、見える。

アルレットは立ち上がり、レーヴァンの正面に立った。

「アルレット嬢？」

レーヴァンは流石《さすが》に不思議に思ったようで、顔を上げアルレットを見た。

アルレットは真っ直ぐ、意志を込めた視線でレーヴァンを射貫《いぬ》いた。

レーヴァンには、言葉にしなくてもアルレットの想いが伝わったようだ。

彼は一瞬大きく目を見開く。そして自嘲《じちょう》気味に笑うと、一言《ひとこと》だけ返した。

「僕なら大丈夫だよ」


その後、アルレットはレーヴァンに部屋まで送ってもらった。

すると意外なことに、部屋ではゾラが待っていた。どうやら、こんな夜更《よふ》けに出歩いていることを心配していたようだ。

レーヴァンと一緒に帰ってきたのを確認するとゾラは安堵《あんど》した表情を見せ、部屋をあとにした。

一人なったアルレットが壁時計を確認すると、日をまたいでいた。

とりあえず寝なくてはと思い、ベッドに入ったはいいが、なかなか寝つくことができない。

(明日……ううん、もう今日になってしまったけど。レーヴァン様とルイス様が決闘を、する……兄弟で決闘なんて……)

急展開に、アルレットの頭はついていかない。

アルレットは身体を起こし、ベッドの上に座った。

(先ほどのレーヴァン様の言葉と顔が、頭から離れない)

『僕なら大丈夫だよ』

そう言ったレーヴァンは酷《ひど》く傷ついた顔をしていた。

そんな姿に、アルレットの胸は締めつけられる。

(私が……傷つけてしまった)

それでも、アルレットの気持ちは変わらない。

(もう決めたのだから……)

アルレットはずっとつけていた、右耳の耳飾りに触《ふ》れた。ルイスからもらったものだ。

そのままアルレットは瞳を伏《ふ》せ、ぎゅっと唇を噛み締める。

そして、しばらくじっと動かずにいた。

アルレットは、ふと窓のほうへ視線を向ける。

窓際の、一輪挿《いちりんざ》しの花瓶《かびん》に入れられた花が目に映った。純白の美しい花だ。

この花は、レーヴァンに先ほど部屋まで送ってもらった際に、彼から手渡されたものだった。

『シオンっていうんだ。僕の大切な思い出の花。君に受け取って欲しい』

アルレットはその時、大切な思い出のある花を贈ってもらえたことがとても嬉しくて、涙が出そうだった。

その訳は、アルレットには、わからない。

(この花……どこかで……)

アルレットは、窓辺へとゆっくりと歩いていくと、そっと花に触《ふ》れた。

「レーヴァン、様……」

月明かりに照らされる花は、まるで彼のように綺麗だと、アルレットは思った。


決闘当日の朝。

レーヴァンはアルレットの部屋を訪れた。

「じゃあ、僕は先に行くから」

「はい……レーヴァン様」

するとアルレットは、なんと言っていいかわからずに、俯《うつむ》いて黙り込んだ。

すると、背を向けていたはずのレーヴァンに、アルレットは気付けば強く抱き締められていた。

「……っ、アルレットっ！」

アルレットは驚いて身動《みじろ》ぐが、すぐに大人しくした。

何故なら、レーヴァンがほんの僅《わず》かに……震えていたからだ。

（レーヴァン様は、どうして震えているのだろう。決闘への恐怖心？　でも、レーヴァン様に限ってそれはなさそうだけれど……）

アルレットは戸惑《とまど》いながらも、じっと抱き締められていた。

しばらくして、レーヴァンは名残惜《なごりお》しそうにアルレットから離れる。

「……」

「……」

二人は何も言わず、ただ見つめ合った。

それはほんの数秒だったが、アルレットにはとても長く感じられた。

そして、レーヴァンは身を翻《ひるがえ》し、今度こそ行ってしまう。

アルレットは、レーヴァンの姿が見えなくなっても、しばらくその場に立ち尽くしていた。

まるで取り残されてしまったような虚無感に襲われる。

何も考えられず、ただ窓の外を眺めていた。

どれだけそうしていたかわからなくなった頃、扉を叩く音がした。

アルレットが我に返ると、部屋の中にゾラが入ってくる。

「アルレット様、お迎えにあがりました」

「……はい」

アルレットは、部屋を出る際に飾られていた花を手にした。

そして、ゾラに連れられて部屋をあとにする。

決闘は、騎士団員らが普段使用している稽古場《けいこば》で行《おこな》うらしい。稽古場《けいこば》は無論、離宮ではなく、王宮の中にある。

アルレットたちはしばらく歩くと、離宮から王宮へ入った。

アルレットは急に緊張してきた。そこは明らかに、離宮と雰囲気が違う。

王宮に入った瞬間漂《ただよ》う、張りつめた空気に恐怖すら感じた。

（離宮にいた時は、安心感があった。まるで、常にレーヴァン様に守られているような……）

アルレットがおそるおそる歩いていると、不意にゾラは立ち止まってアルレットを振り返った。

そして、液体の入った小瓶《こびん》を差し出す。

「アルレット様、昨夜おっしゃっていましたものが手に入りました。こちらにその花をお入れくださいませ」

昨夜レーヴァンから花を受け取り、彼が帰っていった直後、ゾラは遅い時間にもかかわらず部屋で待っていてくれた。その際に、アルレットはゾラに花を枯らさない方法がないか尋ねていたのだ。

どうしてもこの花を枯らしたくなかった。

無理を承知で聞いたのだが、ゾラはその方法を見つけ出してくれたらしい。

「この液体の中に入れておけば、一年ほどは枯らさずに保存できるそうです」

アルレットは少し不審そうな表情を浮かべた。

だが、ゾラに言われるままに、小瓶《こびん》に入る大きさになるように茎《くき》を千切《ちぎ》り、花の形が崩《くず》れないように液体の中に入れる。

透明な液体に包まれた花は、どうやら無事みたいだ。

「このままお持ちくださいませ」

「……ありがとうございます」

アルレットはゾラへ礼を述べると、大切に小瓶《こびん》を抱き締めて微笑んだ。

それを見たゾラは、顔を曇《くも》らせる。

「アルレット様、あちらに見えておりますのが、本日決闘が執《と》り行《おこな》われる騎士団の稽古場《けいこば》でございます」

アルレットは息を呑んだ。

そして、改めてゾラに向き合う。

「ゾラさん、短い間でしたが、本当にお世話になりました」

アルレットは丁寧にお辞儀《じぎ》をする。ゾラは淋《さび》しげな笑みを浮かべた。

「アルレット様……私は、必ずアルレット様がレーヴァン様のもとへお戻りになると、信じております。ゆえに、私からの離別の言葉はご容赦《ようしゃ》くださいませ」

ゾラの言葉に、アルレットは一瞬目を見開く。

だが何も答えることなく、再度ゆっくりと丁寧にお辞儀《じぎ》をした。

そしてゾラの横を擦《す》り抜《ぬ》けていく。

ゾラはただ、それを見ていた。


アルレットが稽古場《けいこば》に着くと、既《すで》にレーヴァンとルイスの姿があった。

アルレットから離れたところには、エラルドもいる。周りには多数の騎士団員の姿も見えた。

張りつめた空気の中で、アルレットは息苦しさを感じる。

周囲からの視線が痛いほど刺さり、自分だけ場違いな気がした。

アルレットはルイスに目を遣《や》る。

久々に見るルイスは少し痩《や》せたようで、以前と雰囲気がまるで違うように感じられた。

ルイスはアルレットに気付いている様子だが、決してこちらを見ようとしなかった。

気まずいのか、それとも別に理由があるのかはわからない。

アルレットは次にレーヴァンに視線を向けた。

レーヴァンもいつもの穏やかな雰囲気などどこにも感じられず、アルレットは恐怖すら覚えた。

ふと今朝《けさ》のレーヴァンの姿を思い出し、また胸が苦しくなる。

アルレットは、純白の花が入った小瓶《こびん》をぎゅっと握り締めた。

◆◆◆

「お、あれがルイスの嫁か」

集まった野次馬の中に交《ま》ざる中年の男は、興味津々《きょうみしんしん》に声を上げた。

彼の隣にいるエラルドが言う。

「そうだよー、アルレットちゃんっていうんだ」

アルレットを見た男は、目を細めて笑った。

そして、エラルドにしか聞こえないように、そっと囁《ささや》く。

「で、あの嬢ちゃんをルイスとレーヴァンが取り合っているわけだな」

「うん、まあ……そうなるのかなぁ」

エラルドは複雑そうな顔をすると、目を逸《そ》らす。

「なるほどな。いや～、なんか思ってた感じと違うなぁ。もっとこう、ボンキュッボンの絶世《ぜっせい》の美女かと思ったんだが……確かに美人だが、なんつうか、あれくらいならごまんといるだろう」

男は声を上げて笑った。

エラルドを挟んで男の反対側にいる騎士団員のオスクは、男を白い目で見る。

「隊長！　ルイス様の奥方様ですよ！　そんな失礼なことを言うなんてあり得ないです！」

「まあ、ラウらしいけどね～」

口の悪い男――ラウに、エラルドはやれやれと肩を竦《すく》めた。

ラウは騎士団の第一部隊隊長で、見た目が少々むさ苦しい四十代半《なか》ばの中年男だ。

彼はルイス、エラルド、サンドラ、そしてレーヴァンの四人に、昔から剣術を教えていた。所謂《いわゆる》師弟関係を結んでいる。

そんなラウは、眉間にしわを寄せた。

「しかし、夜会の日から随分《ずいぶん》と空気が悪くなったな。全く、アイツらはまだまだ青臭すぎる」

夜会当日、ラウは居残り組だった。

いくらこの国がここ数十年平和だといっても、騎士団の全員が城を留守にすることはできない。

そのため、ラウやオスクを含む数十人の騎士団員は、城に残っていたのだ。

だが、夜会に参加した団員の間では、ルイスが酔ったサンドラを抱きかかえ二人で姿を消した挙句、残されたレーヴァンとアルレットは実に悲惨《ひさん》だったらしいという話で持ちきりで、二人の耳にもそれは一瞬で届いた。

「でも……ルイス様がまさか……まさか、サンドラ様と……」

オスクはかなり衝撃を受けた様子で唸《うな》っている。

「オスク、別にルイスとサンドラは、何もやましいことは……それに、ちょっと言い回しが違うんだけど」

エラルドはルイスの名誉のために庇《かば》おうとするが、それをラウは邪魔をする。

「ルイスもそこらの男どもと同じ、ただの陳腐《ちんぷ》な男だったか。てっきり淡白な奴だと思っていたが……妻だけでは満足できなかったわけか！　いや〜しかし、そんなに堂々と不貞行為をするなど、意外に肝が据《す》わっているな！」

ラウはガハガハと笑う。

「品性の欠片《かけら》もないな〜」と、エラルドは呆《あき》れた顔をした。

オスクは顔を赤くし、ラウに反論する。

「不貞行為なんてふしだらなことを、あのルイス様がするはずがありません！　きっと何か理由があったに違いないんです！」

「まあ、真実がなんであれ、誤解を生む行動を取る奴が悪い。アイツには王子としての自覚や責任感がなさすぎる」

ラウの言葉に、オスクは押し黙った。

大切なのは事実ではない。他者から見られた時に、その行動がどう映るかだ。

夜会のあと、ルイスは今日までずっと登城《とじょう》していなかった。

ルイスが不在の間に、騎士団員たちは連日ルイスとサンドラの噂話をしていた。

これまで、ルイスは団員からの信頼が厚かった分、評価が落ちるのも早かった。

信頼感が高ければ高い人ほど、裏切られた時の衝撃は何倍も大きくなるものだ。

信頼を得るには多大な時間や労力を使うが、崩《くず》れるのは一瞬だ。

実に呆気《あっけ》ないものだと、ラウは思う。

そのことを、ルイスは理解できていない。

ラウはふと、辺《あた》りを見回した。

決闘の噂を聞きつけた野次馬が非常に目立つ。

団員たちには部屋で待機するように言いつけたはずだが、規律が乱れつつあるようだ。

思わず渋い顔をしていると、レーヴァンとルイスは準備を終えたようだった。

「お、始まるみたいだな」

ラウの言葉に、オスクとエラルドも、ルイスとレーヴァンを見た。

二人は所定の位置につき、剣に手をかける。

「これより、王太子殿下とルイス殿下の決闘を執《と》り行《おこな》う。手から剣が離れた時点で、その者を敗北と見なす。立会人は僭越《せんえつ》ながら私、騎士団第一部隊副隊長のサムエルが務めさせていただきます。両者異存がなければ、前へ」

ルイスとレーヴァン両者ともに、何も言わず一歩を踏み出した。

「始め!!」

サムエルの合図と同時に、剣と剣がぶつかり合う音が響く。

しばらく互いの出方を窺《うかが》うように距離を取ったのち、再び剣が擦《こす》れる音が聞こえてくる。

現状では、多少レーヴァンが優勢だろうか。

「この勝負、ルイス様の勝ちですね」

オスクは自信満々にそう言ってのけた。

ラウは片眉をはね上げて、オスクに問う。

「……どうしてそう思うんだ？」

「これまでのルイス様と王太子殿下の手合わせを見ればわかります。ルイス様が王太子殿下にわざと負けていたのは、周知の事実です」

エラルドも、オスクに同意する。

「そうだねー。僕もレーヴァンに勝ち目はないと思うな～」

「お前らもまだまだ青いな」

ラウの言葉が意外だったようで、エラルドとオスクは眉根を寄せた。

そんな二人を眺めながら、ラウはにやりと笑う。

「ルイスがわざと負けていた……確かにそうだな。だが、レーヴァンが何故本気で闘《たたか》っていたと言い切れるんだ？」

二人は息を呑んだ。ラウは話を続ける。

「レーヴァンもまた、本気のフリをしていただけだ。……教えていた俺が言うんだ。実力だけなら……ルイスに勝ち目はない」

次第に、ルイスとレーヴァンの闘《たたか》いに変化が見え始める。

先ほどと違い、ルイスがレーヴァンをだいぶ攻めている。

ルイスが打ち込む一撃一撃を、レーヴァンは受け止めるので精一杯なように見えるが……

ラウは内心面白くなったと、小さく笑った。

「完全にルイスの剣は流されているな」

レーヴァンはルイスから受けた衝撃を剣で受け流している。

完全にルイスはあしらわれている状況だ。

攻めているはずのルイスの額《ひたい》に、大量の汗が滲《にじ》む。かなり焦《あせ》っている様子だ。

打ち込んでも打ち込んでも全てを軽くあしらわれていることに、ルイス自身も気が付いているのだろう。


——キーンッ!!

次の瞬間、レーヴァンの剣に強く弾《はじ》かれ、ルイスは蹌踉《よろ》めいた。

息一つ乱していないレーヴァンに対して、ルイスの息は上がり、空気を吸うのに必死だ。

「……くっ……私はっ、負けないっ!! はあぁぁぁ!!」

ルイスは体当たりをするような勢いで、レーヴァンへ向かっていった。

剣を力の限り振り下ろすが、レーヴァンに受け流され、また蹌踉《よろ》めく。

レーヴァンの剣がルイスに振り下ろされた、その時。

「ルイス様っ」

アルレットが、ルイスを呼ぶ声が微《かす》かに響いた。

「っ……」

その瞬間、レーヴァンの剣は空《くう》を斬る。

膝《ひざ》を折るルイスを前に、レーヴァンは何もできなくなってしまった。

「あー……こりゃ～だめだ。形勢逆転、だな」

ラウは鋭《するど》い目つきで、ルイスとレーヴァンを見ていた。

オスクは不思議そうにラウのほうを向く。

「どういう意味ですか……このままではルイス様の負けなのでは？」

「レーヴァンに、一瞬にして迷いが生まれた……それに比べ、ルイスにはまだ迷いが一切ない」

元々レーヴァンからは殺気が感じられなかったが、ルイスは初めから明らかに殺気を放っていた。

ルイスはレーヴァンを殺すつもりで挑んでいる。

ラウにはそれがわかっていた。

「……さっきのレーヴァンの一振りで、本来なら勝負は決していたはずだ。だが……」

ラウは少し離れたところにいるアルレットを見た。

アルレットがルイスの名前を呼んだ瞬間、レーヴァンはわざと剣筋《けんすじ》を逸《そ》らした。

レーヴァンにはルイスを殺す気はなくとも、多少傷を負《お》わせるつもりではいただろう。

決闘を受けているのだから、腕の一本を落とすくらいの覚悟はあったはずだ。

そうでなければ、いくらレーヴァンでもルイスの手から剣を離させることは困難だ。

だが、あの瞬間アルレットの存在がレーヴァンの剣を止めさせ、彼には今迷いが生じている。

昔から人に関心がなく自分以外をまるで信用しないレーヴァンが、あの少女に惑《まど》わされているとは。

「あの、レーヴァンが……レーヴァンも、ただの男だったってことだな。惚《ほ》れた弱みってやつか……ったく、兄弟揃《そろ》いも揃《そろ》って、本当に莫迦《ばか》だな」

アルレットはどう見ても、どこにでもいそうな貴族の令嬢にしか見えない。

(どこに、この男ども二人に命を懸《か》けさせる魅力があるんだろうなあ)

ラウには理解できない。

ラウはルイスとレーヴァンに再び視線を戻す。状況はやはり逆転した。

レーヴァンの剣筋《けんすじ》が乱れて、ルイスは勢いで押し切ろうとする。

ルイスのほうが、明らかに勢いがある。

(だが、危険な闘《たたか》い方だ……)

ラウはそう感じた。

(ルイスの闘《たたか》い方は、いつか自分自身を破滅させる。あのように教えたつもりはないはずだが……本当に、どうしようもない弟子だ。レーヴァンもだ、どうしようもないな)

昔読んだ書物に、絶世《ぜっせい》の美女を手に入れるために国を滅ぼした愚王《ぐおう》がいたとあったが……レーヴァンもその道を辿らないとは限らない。

あのレーヴァンが、あんなに執着心を見せているのだから。

(いずれレーヴァンは、国王となるだろう。あの少女のためなら、レーヴァンは……。危ういな)

ラウは再びアルレットに視線を遣《や》る。

彼女は悲しそうな表情を浮かべ、ルイスとレーヴァンを祈るように見ていた。

その姿は、今にも消えてしまいそうなほどに儚《はかな》い。

(天使の顔をした悪女、か……。まあ、そうかはわからないが、少なくともルイスとレーヴァンの心を虜《とりこ》にしてやまないことに変わりはない)

今後二人がどうなるのか、ラウは一抹《いちまつ》の不安を抱《かか》えながら、剣と剣が擦《こす》れ合《あ》う音を聞いていた。

◆◆◆

ルイスと向かい合うレーヴァンは、嫌な汗が身体を伝うのを感じた。

先ほどまでの余裕はない。

(このままではルイスに負けるかもしれない……)

『ルイス様っ』

先ほどのアルレットの声が、頭から離れない。

レーヴァンは、ルイスを傷つけることを恐れた。

ルイスを負傷させてレーヴァンが勝ったところで、アルレットの心はレーヴァンから離れていくだろうと思ったからだ。

（完全に手詰まりだ……）

レーヴァンは心の中で自嘲《じちょう》し、ただルイスの攻撃を受け止めることしかできなかった。

◆　◆　◆

アルレットには、今目の前で繰り広げられている光景が、まるで夢のように思えた。

先ほどまではレーヴァンが有利だったが、今は完全にルイスが押している。

ルイスが負けそうになった時、傷ついた姿を見るのが怖くなり、思わず彼の名を叫んでしまったが、今の彼はその面影《おもかげ》もないくらい鬼気迫《ききせま》っている。

ルイスの目は血走っており、殺気を宿していた。

恐怖でアルレットの背筋がぞわりとする。

（ルイス様が、怖い。多分このままでは……レーヴァン様はルイス様に殺されてしまう……）

レーヴァンは必死にルイスの剣を受けていた。

剣と剣がぶつかり合う音が耳に響く。

ルイスは後退《あとずさ》るレーヴァンを剣で追い詰める。

（レーヴァン様は、一体どうしたのだろう。初めはあんなにルイス様を押していたというのに……）

先ほどの姿からは想像もできないほど、レーヴァンの剣筋《けんすじ》は乱れて頼りない。

身長と体格で勝《まさ》っているルイスの剣が一回打ち込まれるごとに、レーヴァンの体力を奪っているように見える。

（レーヴァン様……）

アルレットは、無意識のうちにルイスではなくレーヴァンを目で追いかけ、レーヴァンの無事を祈っていた。

レーヴァンは尋常じゃないほどの汗をかき、握っている剣が滑《すべ》るのか、何度も握り直していた。

そんなことはお構いなしに、ルイスはレーヴァンにぶつかっていく。

二人は至近距離で剣と剣を擦《こす》り合《あ》わせ、互いに押し合った。

どちらも歯を食いしばっているのが見て取れる。

恐ろしく鋭《するど》い、レーヴァンとルイスの蒼《あお》い瞳が絡み合う。

アルレットは目を背《そむ》けたくなった。

（どうしてこんなことになってしまったの。兄弟で、こんな風に争うなんて……こんなのは、ただの殺し合いと変わらないわ。これ以上は……っ）

アルレットは、ぎゅっと唇を噛み締める。

（レーヴァン様……っ）

アルレットが心の中で名を呼んだ、次の瞬間。

レーヴァンはルイスに弾《はじ》き飛《と》ばされ、壁に打ちつけられた。

鈍《にぶ》い音がする。レーヴァンは強い衝撃を受けたように見えた。

レーヴァンは立ち上がることができずにいる。

だが、手にはまだ剣が握られていた。……闘《たたか》いはまだ終わっていない。

ルイスはゆっくりとレーヴァンに近づき、彼を見下ろした。

「残念でしたね、兄上」

「くっ……」

「……兄上、終《しま》いです」

ルイスは剣を高く振り上げた。

「まずい！　ルイスの奴、本気でレーヴァンを殺す気か⁉」

アルレットから少し離れたところにいる男が、叫んだ。

「ルイスっ‼　やめろー‼」

稽古場《けいこば》が一瞬にして凍《こお》りつく。その場にいる者たちは誰もが息を呑んだ。

アルレットは思わず、口を開く。

（レーヴァン様!!!）

けれどその声は、喉《のど》から出ることはなかった。

（どうして、声がっ……）

アルレットは、自分の身体がまるで金縛《かなしば》りになったように、動かないことに気付く。

レーヴァンが殺されてしまうと思ったら、怖くて声すら出ない。

目の前の光景が、ゆっくりと流れていくように見える。

――そして、血がポタポタと滴《したた》っているのが目に映った。

「あ……あ……」

愕然《がくぜん》とするルイスの身体が震えていた。

レーヴァンは、ルイスの剣を素手で受け止めている。

深く斬られた傷口からは、止めどなく血が流れ出ていた。

ぽたりと地面に滴《したた》り落《お》ちる血を、アルレットは呆然《ぼうぜん》と眺めた。

（これは、なに……）

レーヴァンは、真っ直ぐにルイスを見据《みす》えている。

ルイスが手を震わせ剣を引こうとするが、レーヴァンは離さない。

レーヴァンの射貫《いぬ》くような視線に、ルイスは耐えられないとばかりに首を横に振る。

「あ、あ……」

我に返ったルイスからは一気に殺気はなくなり、戦意を喪失した様子だ。

レーヴァンは刃《やいば》を掴んだ左手をそのままに立ち上がると、右手に持つ自身の剣を高く持ち上げた。

――ガシャンッ。

金属がぶつかる音が響いた。

レーヴァンは笑いながら、自身の剣を地面に落としたのだ。

「……君の望んだ勝利だ。よかったね、ルイス？」

そう言って、レーヴァンは左手を刃《やいば》から離す。

「わ、私、は……」

ルイスは動揺を押し隠せない様子で、剣とともに地面に崩《くず》れ落《お》ちた。

未だ動けないアルレットと、レーヴァンの目が合う。

すると、目の奥が熱くなってしまう。

「君は本当に優しいね」

レーヴァンの声は小さかったが、口の動きでそう呟いたのがわかった。

（泣いてはだめ）

アルレットは、必死に涙が溢《あふ》れぬように耐える。

ルイスに傷ついて欲しくなかった。だが、レーヴァンにも傷ついて欲しくなかった。

（私は欲張りだ。誰にも傷ついて欲しくない……）

「アルレット嬢、愚弟《ぐてい》を頼んだよ……」

レーヴァンは流れ落ちる血をそのままに、アルレットに背を向ける。

（レーヴァン様が、行ってしまう……）

アルレットは、手を握り締めた。

「レ……王太子殿下っ……これを」

アルレットはレーヴァンのもとへ駆けると、ハンカチを取り出し傷口に巻きつけた。

その瞬間、レーヴァンの瞳が揺れ、右手を強く握り締めたのが見える。

「アルレット、嬢……ありがとう」

アルレットは小さく震えながら、何も答えずにゆっくりと、丁寧にお辞儀《じぎ》をした。

レーヴァンは屈託《くったく》のない笑みを浮かべ、今度こそ去っていってしまう。

(レーヴァン様。……本当はあなたに、勝って欲しかったんです。どうして、わざと負けたのですか？)

アルレットは自嘲《じちょう》気味に笑った。

ルイスの妻である自分が、こんなことを思うのは間違っている。

(こんな気持ちは、罪だ。わかっている……わかっているんです)

アルレットは、レーヴァンの背を見送った。

(でもこれで、よかったんだ……これが、正しい……これが)

そして、ゆっくりと振り返り、ルイスを見る。

彼はまだ、放心状態で座り込んでいた。

「ルイス様……」

アルレットは、そっとルイスに手を差し出した。

すると、彼はゆっくりと顔を上げ、その手を掴む。

アルレットの手を掴む姿は、まるで幼子《おさなご》が必死に母に縋《すが》りつくようだ。

「ルイス様、帰りましょうか」

アルレットは苦笑しながら、彼の手を握り締めた。

第九章

「アルレット、アルレット……どこだ、アルレット」

ルイスとレーヴァンの決闘から、数日が経った。

決闘のあと、アルレットとルイスは二人で屋敷に戻ると、ミランは快《こころよ》く出迎えてくれた。

もしかしたらサンドラがいるのではないかとアルレットは思っていたが、屋敷に彼女の姿はなかった。安堵《あんど》するような複雑な思いに駆られる。

ルイスがサンドラとどうなったのか、知りたい気持ちはあったが、アルレット自身もどこか後ろめたさを抱《かか》えているため、聞くことはできなかった。

そしてルイスは帰った途端、アルレットを抱き締めると、眠るまで離そうとしなかった。

その日からルイスは、アルレットの姿が少しでも見えなくなると、すぐに不安そうに名前を呼び続ける。

今も自分を呼ぶ声が聞こえて、アルレットは急いでルイスのもとに向かった。

「ルイス様、どうされましたか」

「アルレットっ」

ルイスはアルレットの姿を見つけると駆け寄り、痛いくらいに抱き締める。

「アルレット、アルレット……また、君がいなくなってしまったのではないかと思ったんだ」

ほんの僅《わず》かの間アルレットの姿が見えなくなるだけで、こんな調子だ。

流石《さすが》にアルレットも気疲れしてしまう。

そんなアルレットを心配したミランが、たまには一人でゆっくりできるように、湯浴《ゆあ》み用にお湯を張ってくれた。

アルレットはルイスを宥《なだ》めたあと、湯浴《ゆあ》みに向かう。

湯には無数の薔薇《ばら》の花びらが浮かんでいて、いい香りがした。ほんの少しだけ疲れが引いていく感覚がする。

そしてしばらく湯に浸《つ》かっていると、赤や白の薔薇《ばら》の中に一つだけ明らかに違う白い花が交《ま》ざっているのを見つけた。

「この花……」

アルレットは、白い花を手のひらにのせると、それを凝視《ぎょうし》した。

「どう、して……」

『シオンっていうんだ。僕の大切な思い出の花。君に受け取って欲しい』

目の奥が熱くなり、我慢しなければいけないのに、涙が溢《あふ》れてしまう。

アルレットは膝《ひざ》を抱《かか》えると、勢いよく頭の半分まで湯に浸《つ》かった。

温かいはずの湯が、急に冷えていくような気がする。

しばらくそのままぼんやりとしたあと、アルレットは首を横に振った。

（もう、戻らないと……）

久しぶりにゆっくりと一人の時間を過ごしたアルレットは、湯浴《ゆあ》みを終えて部屋に戻る。

すると、そこには驚愕《きょうがく》の光景が広がっていた。

部屋の中は、物が散乱し、テーブルの上のカップなどの食器は床に落ちて粉々になっている。

「あああああぁぁぁ!!」

ルイスは錯乱したように叫び、部屋中のものを壊していた。

「ルイス様っ!!　落ち着いてください！」

ミランは必死にルイスを止めているが、全く聞こえていないようだ。

（これは、何……？）

アルレットは、呆然《ぼうぜん》とする。一体何が起きているのか理解できず、動けない。

「アルレットっ!!　何故だっ!?　また、私を置いてっ……アルレット、アルレット、アルレット」

アルレットの名を呼び、叫び続けるルイスに、身体が震えた。

（どうして、こんなことに……ルイス様は、おかしくなってしまったの……出会った頃のルイス様は、ぶっきら棒《ぼう》だったけれど、誠実で優しい人だった。こんなことをするような人じゃなかった）

原因を探っているうちに一つの答えに辿り着き、アルレットはぽつりと呟いた。

「私の、せい、なの……？」

一度そう思ってしまうと、悪い思考がぐるぐると頭を巡る。

（私が、勝手にレーヴァン様のもとへ行ってしまったから……でも、それはルイス様がサンドラ様と……違う、そんなのは言い訳だ。私は逃げたんだ。ルイス様を信じることができなかったから。すぐに屋敷に戻りたいと言えば、レーヴァン様は帰らせてくれたはず。でも、そうしなかった)

それに、今の自分にルイスを責める資格なんてない。

(私は、ルイス様の妻であるにもかかわらず、レーヴァン様のことを……)

アルレットはかぶりを振って、その気持ちを追い出す。

「ルイス様」

アルレットが声をかけた瞬間、ルイスは勢いよく振り返った。

「アルレットっ!!」

縋《すが》りつくようにルイスはアルレットを抱き締める。

何度も何度も名前を呼ぶ彼に、アルレットは笑みを浮かべた。

「ルイス様……私は、ここにいます。大丈夫です、私は、ここにいます」

落ち着かせるようにルイスの背を撫でていると、ふと以前ルイスが読んでいた物語のことを思い出す。

『騎士は、どうしたんですか……』

『……姫を、殺して、自ら命を絶《た》った』

『そんな結末は、悲しすぎます』

『……そうかもしれない。なら、どういう結末ならよかったのだろうか』

『私は、姫が我慢するべきだったと……思います。そうすれば、誰も傷つかずに、幸せになれたと……』

『もしも、私が騎士で、君が姫だったならば……君は、その……私を選んでくれるか』

あの夜のルイスとの会話が、頭を過《よぎ》った。

(どうするべきかなんて、自分自身がよくわかっている。幼い頃からずっと我慢してきたのだから。大丈夫、我慢なら慣れているもの。私なら、大丈夫。我慢しなくちゃ。しなくちゃ……)

アルレットは、ただひたすらにルイスの背中を撫で続ける。

「大丈夫ですよ、大丈夫です……」

まるで自身に言い聞かせるように、アルレットは呟いた。

アルレットが屋敷に戻ってから、さらにひと月ほどが経った。

しばらくすればルイスは元のように戻るかと思ったが、彼は随分《ずいぶん》と変わってしまい……そのままだった。

ルイスはまるで母親に甘える幼子《おさなご》のように、アルレットから片時も離れず、ずっとくっついてくる。そしてそれは、あのルイスが部屋を荒らした日を境《さかい》に、さらに酷《ひど》くなった。

「アルレット」

ルイスは部屋に来ると、アルレットを背後から抱き締めた。

そのままアルレットを抱っこしてベッドに座る。

最近のルイスのお気に入りの体勢らしい。

ルイスはそのままアルレットの首に顔を埋《うず》め、動かない。

そんなルイスに、アルレットは困った笑みを浮かべることしかできなかった。

部屋に入ってきたミランが、二人の側《そば》にやってくる。

「アルレット様……大丈夫ですか」

「……何がですか？」

アルレットが首を傾げると、ミランの顔が曇《くも》った。

「ご無理を、されていませんか」

「無理など……」

「とても辛《つら》そうなお顔をされて……」

(ミランは何を言っているのだろう。辛《つら》い顔？　私はちゃんと笑えている。辛《つら》いことなど何一つないのに)

アルレットはそう思いながら、くすりと笑い声を漏らす。

「ミランは、可笑《おか》しなことを言いますね」

ミランはさらに、表情を暗くする。

彼がどうしてそんな顔をするのか、アルレットにはやはりわからなかった。


さらに、ひと月が経過した。

ルイスはまた以前のように仕事を始めた。無論登城《とじょう》もしている。

ようやく全てが元に戻ったのだ。

まだ少しルイスの様子はおかしいが、それは些細《ささい》なことだとアルレットは思う。

『サンドラとはもう関わらない、約束する。君がいてくれたらそれでいい……だから、私の側《そば》にいて欲しい』

先日ルイスからそう言われた。

(これで、いいの。本来の正しい形に戻った。これが、正しい)

アルレットは、笑みを浮かべる。

すると目の前にいるミランは、何故か辛《つら》そうに顔を伏《ふ》せて震えていた。

「ミラン？」

「申し訳、ございません。申し訳……」

何故、謝るのかわからない。アルレットはミランを安心させようと笑みを深めた。

「私なら大丈夫です」

それでも、ミランは謝罪するのをやめることはなかった。

四半刻《しはんとき》ほどして、ようやくミランは謝罪をやめ、今度は黙り込む。

そして、冷めてしまったであろう食事を並べると、部屋から出ていった。

アルレットは食事をとりながら、部屋の中を見回す。

窓には鉄格子《てつごうし》がつけられ、アルレットの足には足枷《あしかせ》がされていた。

部屋の扉には鍵もかけられている。

まるで牢獄に閉じ込められているようだ。

それでもアルレットは、これでいいのだと思った。

日が暮れた頃、仕事を終えたルイスがアルレットの部屋を訪れる。

これは、以前と変わらない日課だ。

「アルレット、すまない。本当にすまない」

毎夜、ルイスは譫言《うわごと》のように同じ言葉を繰り返す。

「君を傷つけたいんじゃない」

「君を守りたい」

「もう二度と失いたくない。私の前からいなくならないでくれ」

「君を守るためなんだ、わかってくれるな」

今日もルイスはアルレットを膝《ひざ》の上に乗せ、後ろから抱き締めた。

アルレットは、ルイスの言葉には返事はしない。

アルレットは、気付いてしまったのだ。

(だって、返事をルイス様は望んでいないから。ルイス様が欲しいのは、ただ優しく微笑み、自分の話を聞いてくれる母のような存在だから……)

アルレットは、ルイスが欲しがっている、人形《にんぎょう》のように完璧《かんぺき》な笑みを浮かべた。

ルイスは話し疲れると、アルレットを抱《かか》えてベッドに横になる。

そしていつもそのまま、眠りに就《つ》く。今日もそれは違わない。

相変わらず、ルイスはアルレットを抱こうとしなかった。

◆　◆　◆

その日、レーヴァンはマクシムに呼ばれ、国王の執務室を訪れていた。

あの決闘の日からしばらく、ルイスは体調を崩《くず》して仕事ができる状態ではなかったという。

ふた月ほどが経ち、ようやく療養を終えたところで、そろそろルイスの処分を決めることにしたのだ。

「心苦しいが、ルイスを騎士団長の職から解任し、王位継承権を剥奪《はくだつ》しようと思う。今回の件は本当に残念だ。怪我《けが》をさせただけならまだしも、王太子であるお前を本気で斬ろうとするなど……いくら決闘といえど、見過ごすことはできん。昔ならいざ知らず、今は命を懸《か》けることは禁じている」

マクシムは、ため息交《ま》じりにルイスへの処分を告げた。

レーヴァンは顔を俯《うつむ》け、申し訳なさそうな表情を作る。

「父上、そのことですが……今回は安易に決闘を受けてしまった僕にも、責任の一端《いったん》があります。ゆえにルイスだけが処分を受けるのは、気が咎《とが》めます」

「しかしなぁ。王太子であるお前を処分するというのは……」

マクシムは困ったように眉をひそめる。

「ですので、今回ルイスの処分は一時《いっとき》の降格処分。それでいかがですか」

レーヴァンの提案に、マクシムは首を横に振った。

「いや、それでは他の者たちが納得しないだろう」

「大丈夫ですよ、父上。騎士団員たちの中で口煩《くちうるさ》く騒いでいるのは、貴族派閥ではなく平民派閥の者たちです。反乱を起こされたところで、大きな打撃は受けないでしょう。適当に処分を下し、ほとぼりが冷めたら、また戻せばいい」

王宮騎士団の中にも、見えない派閥が存在する。大まかに分けて、貴族と平民だ。

貴族の団員は、親や親戚の口利《くちき》きで入団することがほとんどだが、平民は実力が伴《ともな》わないと入団できない。

騎士団の内部は実力主義の世界だ。そのため入団してからは、貴族も平民も同じように扱われる。

だが、それでも見えない確執《かくしつ》は存在している。平民は貴族を疎《うと》み、貴族は平民を蔑《さげす》む。

ルイスは確かに実力があり団員たちから慕《した》われてはいたが、王子だから騎士団長になれたのだと思っている者が少なからずいるのも事実だ。

今回のことで、平民派閥の者たちは規則を破ろうとしたルイスに対して不満を抱《いだ》いている。

その理由は明白だ。もしも同じことを平民がすれば、有無を言わせず厳罰をくらうだろう。

だがその一方で、王族や貴族たちなら軽い処分で済む。それに加え王子ならば処分すら受けない可能性もある。それをわかっているからだ。

ルイスを平《ひら》の団員に降格させれば、平民たちの日頃の鬱憤《うっぷん》は晴れ、ざまあないと笑うだろう。

それでいい。人の感情など少し時間が経てば薄れていく。一時《いっとき》の降格、それで十分事足りる。

この件に関して、貴族たちに動きはない。王子の不祥事に対して余計な行動をすれば、自分の家も巻き込まれる可能性がある。貴族たちの中にも少なからず不満を抱《いだ》く者もいるだろうが、しばらくは静観しているだろう。

マクシムは考え込んだあと、レーヴァンに問う。

「レーヴァンはそれでよいのか」

「はい、僕はそれが最良かと考えております。それに、あれでも可愛い僕の弟ですから。あまり虐《いじ》めては可哀想です」

そう言うレーヴァンは、少し困ったように笑ってみせた。

「弟思いの兄でいることは、よいことだ。だが、しかし……」

決めかねているマクシムを見て、レーヴァンは思い出したように口を開く。

「あぁ、そうですね。ルイスが降格したら団長の座が空席になりますから……エラルドを騎士団長に据《す》えてみてはいかがですか」

レーヴァンからの突拍子《とっぴょうし》もない提案に、マクシムは驚きを隠さない。

「……何を莫迦《ばか》な……」

「親子揃《そろ》って騎士団長を拝命できるなんて、面白いと思いませんか？　今は未熟なエラルドも、もしかしたら叔父上《おじうえ》のようになれるかもしれない」

先ほどまでは頼りなさげに悩んでいたマクシムだったが、頑《かたく》なにレーヴァンの提案を受け入れようとしない。

「そんなわけは、ない」

「そう思いたいんですよね？　本当は怖いんじゃないんですか？　叔父上《おじうえ》の実子のエラルドが」

レーヴァンの核心を突くような言葉に、マクシムは押し黙る。

レーヴァンは追い打ちをかけるように口を開いた。

「父上は、叔父上《おじうえ》が随分《ずいぶん》とお嫌いだったみたいですね」

「どこでそれを。あれはお前が赤子だった時に亡くなった。お前が知っているなどあり得ない」

「さあ、どうだったか。にしても、叔父上《おじうえ》が死んでくれて父上は安心なさったんじゃないんですか？」

挑発するように話すレーヴァンに、マクシムはさらに表情を硬くする。

「どういう意味だ……」

「叔父上《おじうえ》はかなり優秀だったらしいですね。人望も才能もあった。いつか父上を脅《おびや》かす存在になりうる。そう感じてたんじゃないですか？　……それにしても聞いたところ、叔父上《おじうえ》は相当腕の立つ方だったそうですね。なぜ亡くなってしまったのでしょうね？」

「……さてな。敵に敗《やぶ》れただけだろう」

マクシムは無表情を崩《くず》さない。まるで真意を読まれないようにしているみたいだと、レーヴァンは腹の内で笑った。

「敵なら警戒しますし、油断することはないですよね。まあ、相手が相当な手練《てだ》れだったことも考えられる。ですが、味方なら？　警戒をする必要もなく油断もしやすい。そう思いませんか」

「レーヴァン、それ以上は……」

マクシムに鋭《するど》い視線を向けられるが、レーヴァンは気にも留めない。

「ただの戯言《ざれごと》ですよ、父上。別に僕が見たわけでも、確証があるわけでもありません」

「……もうよい。ルイスは降格処分にする。それで話は終《しま》いだ」

マクシムはレーヴァンの提案を受け入れ、顔を背《そむ》けた。

レーヴァンは丁寧に頭を下げる。そして、冷笑しながら口を開く。

「あまり、僕のすることに口を出してくださらぬよう……お願いいたします。父上？」

目を見開くマクシムに視線だけを投げ、レーヴァンは執務室を出た。

（さて、次はサンドラか……）

レーヴァンは、執務室を出たその足で馬車に乗り込むと、サンドラの屋敷へと向かった。

ガタゴトと揺られているうちに、レーヴァンは、急な眠気に襲われる。

いつもなら我慢できるはずだが、今日は違った。

どうやら、自分でも気付かないうちに、随分《ずいぶん》と疲労していたようだ。

（アルレット、必ず……君を……）

レーヴァンは、ゆっくりと目を伏《ふ》せた。


レーヴァンとアルレットが初めて出会ったのは、あの夜会の日ではない。

十歳になった貴族の令嬢、令息がお披露目《ひろめ》され社交界へ仲間入りをする場、一年に一度の聖誕祭《せいたんさい》だ。別名「聖花祭《せいかさい》」とも呼ばれる。

その日だけ城には多くの貴族たちが押し寄せ、夜が更《ふ》けるまでダンスや酒、会話を楽しむのが恒例だ。

十四歳の頃のレーヴァンがぼんやりと広間の人々を眺めていると、たくさんの令嬢たちに囲まれた。

（まただ。面倒くさいな……適当にあしらってさっさと切り上げよう……）

令嬢たちはレーヴァンに、実に下らない質問ばかりをする。我先にとレーヴァンに擦《す》り寄《よ》ろうとしているのは明らかで、吐き気がした。

しばらく相槌《あいづち》を続けたのちようやく解放され、レーヴァンは深いため息をついた。

そしてレーヴァンは、広間の壁にもたれかかり、休息をする。

『……退屈だな』

ふと、向かい側の窓際にいるルイスたちを見る。

ルイス、エラルド、サンドラの三人は、相変わらずの友情ごっことやらに勤《いそ》しんでいるようだ。

何も知らずに育ったルイスを見ていると、時々苛立《いらだ》つことがある。

ルイスは数年前に王妃が病死したと信じて疑わない。

（単純に純粋なのか、それともただ単に莫迦《ばか》なのか……判断しかねる）

レーヴァンは腹立たしさが抑えられなくなり、少し外の風にでもあたろうと、壁から背を離した。

その時、幼い少女のやけに甲高《かんだか》い声が響く。

『ずるい！　私のほうが、絶対可愛いのに、おかしい！　本当、邪魔！　どっか行ってよ!!』

（なんだ？）

レーヴァンは声のほうへ視線だけ向ける。

そこにいる勝気そうな少女は、同じくらいの歳の少女に怒っていた。

全ての会話が聞こえたわけではないが、とても傲慢《ごうまん》そうな少女だ。

この手の女は好かない。見ているだけで気分が悪い。

すると怒られていた少女は、俯《うつむ》きながら足早に広間から出ていってしまった。

レーヴァンは気付けば、少女を追いかけていた。

少女を追って外に出ると、柱の陰で立ち止まっているのを見つける。

レーヴァンは少し悩んだあと、少女に話しかけた。

『ねぇ、どこに行くの？　外は暗いし危ないよ』

先ほど、自分自身も風にあたろうと外へ出ようとしていたレーヴァンだが、自分のことは棚《たな》に上げて注意をする。

『……広間に、戻ったら、また……怒られるから』

少女はそう言って、俯《うつむ》く。

『……そっか、わかったよ。ならこっちに、一緒においで』

これまた気付けば、勝手に口が動いていた。

外は月が出ているとはいえ、薄暗く危険だ。レーヴァンは少女に手を差し出した。

レーヴァンは離宮に向かって歩いていく。

途中見回りの兵と出くわしたが、彼は少女と手を繋《つな》ぐレーヴァンを見て、意味ありげに微笑み頭を下げた。

（別にそんなんじゃ、ない）

そう思うが、頬は熱くなる。

レーヴァンは離宮の中庭にある噴水の前に行くと、立ち止まった。

月明かりに照らされ、水面には月が浮かんで見える。

『ほら、座って』

レーヴァンの言う通りに、少女は大人しく噴水の縁《ふち》にちょこんと座った。

不安そうにレーヴァンをちらちらと見る彼女に、レーヴァンは思わず笑いそうになる。

（まるで小動物のようで可愛い）

レーヴァンは素直にそう思った。

彼女の白い花の髪飾りがぼんやりと月明かりに浮かんだのに気付いて、レーヴァンは口を開く。

『その髪の花、今日が初めてなんだね』

聖誕祭では、十歳のお披露目《ひろめ》の時のみ、令嬢は髪に白い花を、令息は胸元に白い花をつけるのが慣習だ。レーヴァン自身も、四年前につけたのを覚えている。

『白い花、君によく似合っているね』

普段はお世辞しか言わないが、これは本心だ。本当に、純白の花がよく似合うと思った。

少女は、レーヴァンの言葉に恥ずかしそうに頬を染めた。

初々《ういうい》しい姿に、レーヴァンの笑みがますます深まる。

それから少女とは、たわいない会話をした。

好きなお菓子、好きな本……。いつもなら、こんな話は、退屈すぎて嫌になる。

先ほどもどこぞの令嬢たちとこんな会話をしたばかりだった。

だが、この少女と話していると、何故だか自分でも驚くほど笑った。愉《たの》しかった。

相手によって、こんなにも気持ちが変わるものなのかと、正直驚いた。

レーヴァンは、今までこんな感情を知らなかった。

常に完璧《かんぺき》な仮面を被《かぶ》り、上辺《うわべ》だけで笑う。

親だろうが、兄弟だろうが、親類だろうが……関係ない。誰に対しても、隙《すき》を作らないようにしてきた。だから、こんな風に無防備に笑うことなど、なかった。

（この僕が、こんな風に笑うことができたなんてね……）

レーヴァンが物心ついた時には、王太子として自覚せざるを得ない環境にいた。

教養や勉学、剣術など、全てを完璧《かんぺき》にできるまで厳しく叩き込まれた。

失敗すれば責められ、成功しても当たり前だと言われる。

常に気を張り、大人たちからの重圧に耐えながら、過ごしてきた。

できないことがあってはならない。全てが完璧《かんぺき》でなければならない。

何をやっても褒《ほ》められることはない……王太子ならばできて当たり前のことだから。

それに比べて、ルイスはほんの些細《ささい》なことでも褒《ほ》められ、失敗したところで誰にも責められることはない。

たった一歳しか違わないのに、不公平だと思った。それゆえにレーヴァンは、ルイスをあまり好きにはなれない。

『……あの、お兄さま。大丈夫ですか？』

レーヴァンが難しい顔をして考え込んでいると、少女は心配そうに眉根を寄せた。

お兄さまと呼ばれたレーヴァンは、気恥ずかしくなって落ち着かない。

もしかしたら顔が赤くなっているかもしれないと思うと格好がつかない。

レーヴァンは、兎《と》に角《かく》平静を装《よそお》った。

『大丈夫だよ、ありがとう。優しいね』

『い、いえ』

遠慮がちに首を横に振る少女を見て、レーヴァンはぽつりと漏らした。

『僕ね、弟がいるんだ。一歳しか違わないのに昔から弟は何をしても褒《ほ》められて、僕はなんでもできて当たり前。……なんか疲れたんだ』

どうしてこんなことを言ったのかわからない。気付いたら、勝手に口が動いていた。

誰にも弱みを見せるわけにはいかない。少しでも隙《すき》を見せればたちまち足をすくわれる。

ゆえに、これまで誰にもこんな話をしたことはない。

多分誰かに、聞いて欲しかったのだと思う。

『……お兄さま。あの、よかったらどうぞ』

『え……』

少女は自分の足をパンパンと叩いた。

どうやら膝枕《ひざまくら》をしてくれるみたいだが、あまりに唐突すぎて、レーヴァンは珍しく戸惑《とまど》った。

少女は微笑んで、レーヴァンを待っている。

『……』

レーヴァンは暫《しば》し悩んだ。

いつもなら、悩むまでもない。即答で断るに決まっている。申し訳なさそうに、もっともらしい理由を述べて。

(でも、今は断る理由などない。むしろ……されたいかもしれない)

レーヴァンは、大人しく少女の太腿《ふともも》に頭を置いた。

『本で読みました。こうして膝《ひざ》に頭を置いて、撫で撫でされると疲れがなくなるって』

(それは……一体なんの本だ？　怪しすぎる)

レーヴァンはそう思ったが、口を閉じた。余計なことを言って雰囲気を壊したくない。

生まれて初めての膝枕《ひざまくら》は、とても気持ちよかった。優しく撫でてくれる手も、酷《ひど》く心地《ここち》よい。

(温かい……)

レーヴァンは、無意識に目を閉じた。

（こんなに心地《ここち》よいならば、毎日でもされたい。この少女限定で、だけど）

本当に疲れが吹き飛ぶように感じる。不思議だった。

レーヴァンは暫《しば》し、心地《ここち》よさを堪能した。

すると、少女がおもむろに口を開く。

『……私にも、妹がいるんです。お父さまもお母さまも、いつも妹ばかりを可愛がります。私は何をしても、お姉さんなんだから我慢しなさいって言われてて……私も、疲れちゃう』

そう言って、少女は少し困ったように笑った。

意外な言葉に、レーヴァンは起き上がると少女を見る。

少女は、急に起き上がったレーヴァンに目を丸くしている。

今度はレーヴァンが、自分の太腿《ふともも》をぽんぽんと叩いて笑った。

それから二人は、何度も膝枕《ひざまくら》を交代した。

可笑《おか》しかった。

いつものレーヴァンなら、下らないことと思うかもしれない。

だがこの少女と一緒なら、こんなにも楽しい。

そうこうしているうちに、あっという間に時間は流れ……時を告げる鐘《かね》が鳴った。

「あ……お兄さま、今何時《なんどき》ですか」

「今のは十一時の鐘《かね》だね」

少女は焦《あせ》りながら慌《あわ》てて立ち上がると、丁寧にお礼とお辞儀《じぎ》をした。

（行ってしまう）

そう思ったら、レーヴァンの手は勝手に少女の腕を掴んでいた。

少女は驚いたように、真っ直ぐにレーヴァンを見る。

レーヴァンは戸惑《とまど》いながら、少女に花を一輪差し出した。

「あ、その……これ、君にあげる」

歯切れ悪く話す自分が自分でないように思えて、レーヴァンは可笑《おか》しかった。

聖誕祭では、気に入った女性に男性から花を贈るという慣習がある。

聖誕祭が別名「聖花祭」と言われる理由は、それだ。

少女は嬉しそうに微笑むと、花を受け取ってくれた。

そして、少女は足早に去っていった。

聖花祭で男性から女性へ手渡す花は、シオンの花と決まっている。

シオンの花言葉は、『あなたを忘れない』。

貴族に生まれれば、必ず政略結婚がついて回る運命だ。

だが、一年に一度の夜だけ自分の恋を楽しみ、それを思い出として胸にしまう。

そういう男女の恋遊びが、昔から続いている。ただそれだけの話だ。

だがレーヴァンは、あの少女を決して思い出になどしたくないと、思ってしまった……。

幼いレーヴァンは少女の姿が見えなくなっても、しばらく立ち尽くしていた。

（彼女にもう一度……逢いたい……）

そう思った時、レーヴァンの目の前にはアルレットが立っていた。

(アルレット? ああ、これは、夢……幻《まぼろし》か)

彼女は、レーヴァンに気が付くと、優しく微笑んだ。

その微笑みは、レーヴァンには、この世の何よりも美しく見えた。

それは見た目だけのことではない。アルレットは心まで綺麗なのだ。

初めて会ったあの日から、彼女はずっと心優しい少女だった。


レーヴァンは、馬車が停まった振動で目を覚ました。

「夢、か……」

随分《ずいぶん》と眠っていたようだ。酷《ひど》く懐かしい夢だった。

窓の外を覗《のぞ》くと、サンドラの屋敷が見える。

レーヴァンはほくそ笑みながら、馬車を降りた。

◆
◆
◆

サンドラは、あの騎士団の夜会のあとからずっと、自邸である侯爵家の屋敷に引《ひ》き篭《こも》っていた。

あの夜会の次の日の朝、ルイスから屋敷に置くことはできないと告げられた。

彼が大切にしたいのはアルレットだけだとも言われた。

それからサンドラは泣き続けたが、やはり諦《あきら》めることができなかった。

(側《そば》にいたい。声が聞きたい。私を見て欲しい)

そう思い続けて、どれくらい月日が流れたかもわからなくなってきていた時、意外な人物が訪ねてきた。

「やあ、サンドラ。気分はどう？　あれからずっと引《ひ》き篭《こも》ってるらしいね」

意外な訪問者——レーヴァンは部屋の中に入ってくると、ベッドの上でシーツにくるまっているサンドラへ声をかけた。

サンドラは正直会いたくなかったが、母のマグダレーナは不在で、侍女が勝手に部屋に通してしまったらしい。

サンドラは身を起こすことなくレーヴァンに背を向けるが、彼は構わずに話し続ける。

「ずっとそうしているの？　そんなことしたって、ルイスは手に入らないよ」

「そんなこと、わかってるわよっ」

サンドラは手の届く場所にあったクッションをレーヴァンに投げつけた。それをレーヴァンは笑いながら受ける。

(相変わらず、性格の悪い男。どうして同じ兄弟なのに、こうもルイスとは違うのかしら)

「まあ、そんなに怒らないでよ。今日は君に朗報があるんだ」

その言葉に、サンドラはレーヴァンを睨《にら》みつけながらも、大人しく話を聞くことにした。

「実はね、ルイスはアルレット嬢をまだ抱いてないいんだ」

サンドラは目を見開く。

「それは……本当、なの……？」

「まあ、今まではね……これからの確証はないけど」

レーヴァンが言うには、ふた月前にルイスと決闘をしたらしく、その後アルレットの姿を見ていないらしい。

ルイスがアルレットを連れて帰ったのは確かだが、屋敷の中からは一歩も出していない様子だという。

「……でも、僕の勘《かん》では、まだ二人は男女の関係にはないと踏んでる。ルイスの性格からして、この状況で手を付けることはしないんじゃないかな。だから、まだ挽回《ばんかい》の余地はあると思うんだ。サンドラは……どう思う？」

レーヴァンは、ルイスにサンドラを寝取られたと思っているはずだ。

それなのに、かつての婚約者に間男《まおとこ》との恋路を応援されているという状況になっている。

サンドラは少々違和感を覚えたが、深く考えられるほどの心の余裕はなかった。

サンドラはシーツの中でさらに身体を縮め、小さく答える。

「……そうかも、しれないけど。無理よ。だって、私、ルイスに嫌われちゃったの」

隈《くま》が濃く、腫《は》れぼったいサンドラの目元には涙が溜まり、今にも零《こぼ》れ落《お》ちそうだ。

レーヴァンは、大きくため息をついた。

「ルイスとあのあと何があったかは知らないけど、ルイスはサンドラを嫌いにはならないと思うよ。

少なからずルイスにとって、君は特別な存在だからね」

その言葉に、サンドラの心臓が跳《は》ねた。身体をくるりと転がし、レーヴァンを見つめる。

「ルイスは今降格処分になって、騎士団長から外されているんだ」

「ルイスが団長から外された……まさか」

レーヴァンの言葉に、サンドラは目を見開き驚愕《きょうがく》する。

「……私のせいで、ルイスが降格処分に……」

サンドラは手を握り締め、俯《うつむ》いた。

サンドラにとってルイスは昔から勇士であり、憧《あこが》れだった。

ルイスが騎士団長を拝命した時は、自分のことのように嬉しくて、涙が出た。

幼馴染として、友人として彼を誇《ほこ》りに思った。

(ルイスが騎士団長から降格なんて……そんなのだめ。絶対に、だめに決まってる。私がルイスを救ってあげないと……。今すぐに、ルイスに会いたい。会いたいっ)

サンドラは悲鳴にも似た声を上げる。

「……ルイスに会いたいっ」

「なら、ルイスに会いに行けばいい。かなり落ち込んでるはずだから、君に慰《なぐさ》めてあげて欲しいんだ。特別な君になら、ルイスも弱音を吐けると思う」

「……特別。私はルイスにとって特別な存在？」

「あぁ、君はルイスの特別な存在だよ」

サンドラは頬を熱くし、笑みを浮かべた。

レーヴァンも、にっこりと笑う。

「サンドラ、君はまた騎士団へ戻るんだ。そしたらルイスの側《そば》にずっといられる」

「……でも、そんなことは」

サンドラは戸惑《とまど》いながら、レーヴァンを見る。

「大丈夫だよ、僕に任せて。僕を誰だと思ってるの？」

レーヴァンの言葉にサンドラは安堵《あんど》し、再び微笑んだ。

「そうね、そうよね。ありがとう、レーヴァン」

レーヴァンはサンドラの返事を聞いて、この上ない笑みを浮かべる。

レーヴァンの口添えで、サンドラが騎士団に戻る準備は順調に進んだ。

サンドラはマグダレーナにこの話をすれば、絶対に反対され叱《しか》られると思っていたが、何故か彼女は叱《しか》るどころか、快《こころよ》く認《みと》めてくれた。

不審には感じたが、サンドラは特に気に留めなかった。


そして、それからひと月が経った頃。

いよいよサンドラが騎士団に復帰する日が訪れた。

（稽古着《けいこぎ》なんて、久しぶりで変な感じ。でも、これでまたルイスの側《そば》にいることができるわ……）

サンドラが昔のように男性用の稽古着《けいこぎ》を身に纏《まと》い、稽古場《けいこば》を訪れると、ルイスは団員たちに交《ま》ざり、真面目に鍛錬《たんれん》に打ち込んでいた。

誰かがサンドラに気が付いたようで、団員たちが騒がしくなる。

オスクがこちらを振り向き、驚いてルイスに駆け寄っていくのが見えた。

やがてルイスはサンドラを捉《とら》え、複雑な表情で黙り込んだ。

そしてサンドラを見つめたあと、おもむろに口を開く。

「……サンドラ、何故ここに。それに、その格好は……」

「ルイス、久しぶりね。今日から私、騎士団に所属することになったの。また、よろしくね」

サンドラは嬉しさを堪《こら》えきれず、微笑んだ。ルイスは視線を逸《そ》らす。

「……そうか。だが悪いが、私は今、ただの団員に過ぎない。何か用があるなら、エラルドのところにでも行ってくれ。それと、あまり私の周りをうろつかれると、正直困る。またアルレットに誤解をされたくないんだ」

「ルイス……」

サンドラがルイスの言葉に落ち込み、縋《すが》るようにその腕に触《ふ》れた瞬間、音がするほど強い力で振り払われた。

「っ……」

サンドラは驚き、動けずにいた。目を見開きルイスを呆然《ぼうぜん》と見つめる。

サンドラは何が起きたのか理解できていなかった。

「私は、君の気持ちには応えられないし、応えようとも思わない」

ルイスからの明らかな拒絶に、サンドラは身体を震わせた。振り払われた手がじんじん痛む。

こんな風にされたのは、初めてだった。今まではどんな時でも、ルイスはサンドラに優しかった。

(鍛錬《たんれん》の時ですら、私が擦《す》り傷《きず》を作っただけで心配して、手当てをしてくれたのに。今は……)

爪が引っかかってしまったのか、サンドラの手の甲にはうっすらと血が滲《にじ》んでいた。

「もう一度言う。私に構うな」

ルイスは迷惑そうに言い放つと、背を向けて行ってしまった。

取り残されたサンドラは、この現実を受け止めることができず、その場に立《た》ち竦《すく》んだ。

「サンドラ！　お帰り～」

しばらくして、背後からエラルドが走り寄ってきた。彼は満面の笑みで、誰がどう見ても嬉しいのだとわかる。

もし、エラルドに尻尾があったら、はち切れんばかりに振っていることだろう。

「エラルド……ただいま」

エラルド顔に傷ついた心が癒《いや》されて、サンドラは微《かす》かに微笑んだ。

『ルイスはアルレット嬢をまだ抱いてないんだ』

ふと、レーヴァンの言葉を思い出す。その理由が何かはわからない。

だが、望みが僅《わず》かでもあるなら諦《あきら》めたくはない。

そういえばあの夜会の日、レーヴァンはアルレットと自分を交換するように要求した。

普通ならサンドラとルイスを罰するだけのはずなのに、あえて交換を申し出るのは不自然だ。

(何故………もしかして、レーヴァンは……アルレット様のことを……)

そうなれば、レーヴァンは敵ではない。むしろ心強い援軍だ。

正直レーヴァンは性格が悪く腹黒いし、頭がよすぎて全く好感が持てない。

だが、味方なら誰よりも心強いだろう。

レーヴァンがサンドラを訪ねてきた日、ルイスとのことを責められると覚悟をして恐れていたが、今は来てくれて感謝している。

レーヴァンは、ルイスはサンドラのことを嫌いにならないと言っていた。

(もしかしたら、ルイスは夫の義務として、妻を愛そうと無理をしているのではないかしら。昔から真面目で誠実なルイスならあり得るわ。だから私を拒絶したのかもしれない。……いや、そうに決まっている、絶対に。ルイスは無理をしているんだわ。きっと今頃優しいルイスは、私を傷つけたことで自らも傷ついているはず。可哀想なルイス。でも大丈夫よ、私にはわかってるから。あなたのことを本当の意味で理解できるのは私だけ。——だって、私は彼の特別なのだから)

サンドラは、ぎゅっと拳《こぶし》を握り締め、小さく決意する。

「私が、あなたを救ってあげる」

「サンドラ？　何か言った？」

エラルドは不思議そうにサンドラを見た。

サンドラはにこやかに笑い、「なんでもないわ」と答えた。

サンドラが騎士団へと戻ってきてから、さらにひと月が経った。

「ルイス」

サンドラは稽古場《けいこば》に来ると、一番にルイスのもとへ急ぐ。既《すで》にこの光景は日課になっていた。

ルイスは相変わらずサンドラに対して素《そ》っ気《け》なく接する。サンドラが何を話しかけても、彼はほとんど返事をすることはなかった。

それでも、サンドラはめげずにルイスのもとへ行く。

「ねぇ、ルイス。私の相手してよ」

そう言いながら、サンドラは剣を前に出す。

サンドラに稽古《けいこ》をつけて欲しいと言われたルイスは、一瞬迷う素振《そぶ》りを見せた。

サンドラはそれを見逃さず、もう一押しする。

「いいでしょう？　一回だけでいいの。ね？」

「ルイス、一回だけなんだし、相手してあげなよー」

サンドラの後ろにいるエラルドが、加勢してくれる。

エラルドは座りながら、ルイスとサンドラを眺めていた。これもいつもの光景だ。エラルドはどう見てもただのサボりだが。

ルイスは大きくため息をついたあと、口を開く。

「なら、エラルドが相手になればいい」

「えー。僕、無理！　やる気ないもん～」

流石《さすが》のルイスもエラルドの言葉に腹が立ったのか、ツカツカと歩いていくと彼の腕を掴んだ。

そして無理やり立ち上がらせる。

「なら、私が手合わせをしてやる。剣を抜け」

「う……やだ！　無理だって！　やる気のあるサンドラがいるんだから、サンドラとしなよー」

エラルドはそう言うと、サンドラの背後に隠れる。

サンドラはそんなエラルドを見て、目尻を下げて笑った。

「ちょっとエラルド、あまり押さないでよ」

エラルドは聞かずに、サンドラを前へ前へと押す。

「ほら、手合わせするんでしょう〜」

押されたサンドラとルイスの距離はとても近くなった。

ふと、二人の視線が交差する。サンドラはルイスに屈託《くったく》のない笑みを向ける。

その瞬間、ルイスは目を見開いた。

「懐かしいな……まるで、昔に戻ったみたいだ……」

彼が漏らした小さな声に、サンドラも驚く。

そしてルイスは、素っ気《そっけ》なくそっぽを向きながら言う。

「……一回だけ、だ」

サンドラは嬉しさを抑えきれずに頷き、エラルドは笑った。

その後、ルイスは一回だけだと言っていたが、気付けば五回も手合わせをしていた。

ルイスに負けたサンドラが「次こそ負けない！」と奮起し、ルイスは呆《あき》れたように「何度やっても無駄だ。私の勝ちだ」と答える。

エラルドは「サンドラ、頑張れ～」と応援する。その繰り返しだ。

それは間違いなく、かつてと同じ幸せな時間だった。

◆　◆　◆

ルイスとサンドラ、エラルドの三人が楽しそうにしている光景を、ラウは遠目に眺めていた。

そして苦笑を浮かべ、ため息をつく。

酷《ひど》く懐かしい光景だった。まるであの三人が幼い頃に戻ったように感じる。

昔はよく微笑ましいと思いながら眺めていたものだ。

だが、今はもうあの三人は成長し、いい歳だ。子供と呼ぶのは些《いささ》か厳しい。

仲良くすることは悪いことではないが、ここは騎士団の稽古場《けいこば》で、他の団員たちもいる。

皆、直視こそしないが、ルイスたちへ視線を向けていた。

（相変わらず空気が悪い。これ以上、無用な誤解は避けたいところだが……）

正直なところ、ラウはサンドラが騎士団にまた戻って来るなど考えもしなかった。

あの夜会の日から数か月。この短い期間に目まぐるしく状況は変わり、ラウにはついていけない。

ルイスは様子がおかしくなり、レーヴァンはサンドラとの婚約を破棄した。

ルイスはレーヴァンとあの令嬢をかけて決闘をし、その後ルイスは責任を問われ、騎士団長から平《ひら》団員へ降格。

そしてしばらくして、今度はサンドラが騎士団へと戻ってきた。まさに急展開だ。

「あいつらは一体何をしているんだ」

最近のあの三人の放埓《ほうらつ》な行動は、ラウから見ても目に余る。

無論、周囲も同じように感じているはずだ。こんなことを続けていたら、先はない。

そう遠くない未来に悪意ある者によって、足をすくわれるだろう。

たとえ、王子や高位貴族だとしても……この世界はそう甘くはない。

だが、それでもラウにとって可愛い弟子たちには違いなく、見捨てることなどできるはずがない。

ただ、この状態が長引けば長引くほど、のちのちルイスの立場は危ういものとなるだろう。

そのことにルイスもエラルドもサンドラも、まだ気付いていていない。

ふと視線を感じ、ラウは振り返って辺《あた》りを窺《うかが》う。

「……レーヴァン」

ラウは城の二階の窓際に、レーヴァンの姿を見つけた。

レーヴァンは明らかに、ルイスたちを見ていた。

（レーヴァン……お前は何を考えている……まさか、サンドラが戻ってきたことに、一枚噛んでいるのか？）

ラウの視線にレーヴァンも気が付いたようで、二人の目が合う。

そして……レーヴァンは不敵に笑い、そのまま去っていった。

「お前は……何がしたいんだ」

レーヴァンは決闘で、わざと負けてみせた。

最初から負けるつもりだったのだと、あの瞬間感じた。

(全てあの令嬢のためか……？)

ラウは眉をひそめた。

第十章

アルレットはずっと、鉄格子《てつごうし》越しに窓の外を眺めていた。

窓の外は暗闇が広がっている。

ここから外へと出ることを諦《あきら》めたはずなのに、気付けばいつもこうして眺めてしまう。

すると扉を叩く音が聞こえて、アルレットは振り返った。

同時に、足に嵌《は》められた足枷《あしかせ》が音を立てる。

部屋に入ってきたのは、城から帰ってきたらしいルイスだった。

「ただいま、アルレット」

「……お帰りなさいませ、ルイス様」

「……すまない、遅くなった」

最近、ルイスの帰宅は夜半になっていた。以前はもっと早かったのだが。

（お仕事が忙しいのかしら、それとも……）

アルレットがぼんやりとルイスを見ると、彼は何か考えているようで、黙り込んだ。

「ルイス様？」

アルレットは首を傾げる。するとルイスは突然、声を漏らした。

「君は、本当に……」

ルイスの中にある、抑えられない衝動のようなものが湧き上がっているように、アルレットには感じられた。

「……アルレット、君を離したくない。誰にも渡したくない。触《ふ》れさせたくないんだ」

「ルイス様……」

「アルレット……君が欲しい……」

ルイスはアルレットの首筋に唇を寄せた。しばらく夢中になり、唇を伝わせていく。

そしてルイスは、アルレットのドレスに手をかけた。

その瞬間、アルレットの足枷《あしかせ》が音を立てる。

ルイスはハッとしたように冷静さを取り戻し、アルレットから顔を遠ざけた。

「……っ。私は、まだ仕事がある。アルレットは先に寝ていてくれ」

ルイスはアルレットを抱く手を勢いよく離すと、部屋を出ていく。

その夜、ルイスが部屋に戻ることはなかった。

最近ルイスがアルレットを見る目が、酷《ひど》く辛《つら》く、苦しそうに見える。

アルレットにはその理由が、なんとなくわかっていた。

ルイスの帰宅が遅い時は、決まってむせかえるような酒のにおいと、女性の香りがする。

その正体は、推測するに容易《たやす》い。

(サンドラ様……ルイス様は、サンドラ様に会いに行っている……)

ルイスはアルレットをこの部屋に閉じ込め、誰にも渡したくないと譫言《うわごと》のように言う。

だが、その一方でサンドラとも逢瀬《おうせ》を重ねている。

アルレットには、ルイスが一体何を考えているのかがわからない。

『サンドラのこともアルレット嬢のことも、手放したくないんだって。欲張りだよね、ルイスは』

いつかのレーヴァンの言葉が、アルレットの頭の中に響いた。

◆　◆　◆

ルイスはアルレットの部屋から執務室に戻り、書類に目を通していた。

すると、ミランが部屋を訪れた。いつも通りの光景だが、明らかに違和感がある。

最近、ミランの様子がおかしいのだ。

「ミラン、何かあったか」

「……いえ」

ルイスが聞いても、ミランは何も理由を話さなかった。ルイスも、特にそれ以上は追及しない。

「ルイス様、お食事がまだですが」

「いや、いい」

ルイスが答えると、ミランは礼をして、退室した。

再び書類に向き直って、ふと考える。

そういえば最近、アルレットと過ごす時間が減った。

サンドラが騎士団に復帰したことは、アルレットには話していない。

それがなんとなく後ろめたく、アルレットの側《そば》にいると苦しくなり、逃げ出してしまう。

そして気付けば、ここのところアルレットとサンドラを比べてしまっている自分がいた。

アルレットは愛《いと》しい妻で、サンドラはただの幼馴染で従姉《いとこ》だ。比べる対象ではないことはわかっている。

(だが……サンドラやエラルドといると気が楽になる。正直、安堵《あんど》する)

アルレットといるといつも不安に駆られるが、サンドラにはそのようなことは感じない。

ふとアルレットの顔が頭を過《よぎ》り、ルイスは目を伏《ふ》せる……

「……っ」

ルイスはその日以降、さらに毎晩の帰宅が遅くなり、遂にはほとんど屋敷にいる時間がなくなった。

その日、ルイスは普段通りに鍛錬《たんれん》をこなしていた。

他の団員がいなくなっても、ルイスとサンドラ、エラルドの三人は稽古場《けいこば》に残り、戯《たわむ》れながら雑談をしていた。

今日もこのまま場所を変えて三人で食事をしながら雑談し、酒を飲む予定だった。

——しかし、それは叶わなかった。

突然、城内に悲鳴が響く。

一気にルイスたちは緊張し、何が起こったのかと辺《あた》りを見回す。

そして、黒い影が見えたと思った次の瞬間、ルイスの身体に衝撃が加わった。

「ルイス!?」

サンドラが叫んだあと、エラルドも慌《あわ》ててルイスに駆け寄る。

「ルイス!!」

強く壁に叩きつけられたルイスは、何が起きたかわからずにいた。

だが、蹌踉《よろ》めきながらもルイスは立ち上がり、剣を手にする。

「何者、だっ……」

三人の目の前には、見知らぬ男が立っていた。両手には一振りずつ剣を握っている。

男は何も返事をせず、再びルイスへと向かってくる。

ルイスは剣で、男の剣を受けた。

（強い。最初の一撃で感じたが……かなりの手練《てだ》れだ）

男の剣を受けるだけでルイスの息は上がり、何度打ち込んでもかわされた。

（動きが速いっ。ついていくのが精一杯だ）

男と剣を交《まじ》えているうちに、ルイスは身体に違和感を覚え始めた。

息が上がっているだけでなく、身体がおかしい。自分の思い通りに動かない。

（なんだ……これ、は……身体が）

痺《しび》れるような感覚があり……視点が定まらない。

「ルイスっ!!!」

ルイスの視界が揺れた時、サンドラの声が響いた。

そしてサンドラはルイスの前に飛び出し、斬られた。血が飛び散り、一瞬にして地面は赤く染まる。

瞬《まばた》きさえはっきりと確認できるくらいに、ルイスにはその光景がゆっくりと見えた。

「……っ!!　……サンドラーっ!!!」

バタッと鈍《にぶ》い音を立てて、サンドラは地面に倒れた。

ルイスは覚束《おぼつか》ない足取りでサンドラのもとへ行くと、彼女を抱きかかえる。

（呼吸が浅い。血が止めどなく溢《あふ》れ出《だ》している）

ルイスは自らの衣服を破り止血しようとしたが、それでは間に合わない。

「よくも！　サンドラをっ!!」

エラルドは剣を抜くと、男に斬りかかる。

エラルドと男は剣をぶつけ合うが、明らかに男が押していた。

「ぅっ……」

エラルドは不意を突かれ、男に腹を足で蹴られて蹌踉《よろ》めく。

「花嫁じゃない……違った」

男は小さく呟き、目にも留まらぬ速さで逃げていった。

「今……なんて言った……？『はなよめ』？『違った』？なんのこと……？」

エラルドは呆然《ぼうぜん》としたあと、ルイスとサンドラのもとへ駆け寄ってくる。

「二人とも、呼吸が浅い……サンドラは出血が酷《ひど》すぎる。このままだと危ない……」

エラルドは倒れる二人に為《な》す術《すべ》もなく、動けない。

「エラルド!!」

ラウの声が聞こえ、エラルドはすぐさま彼に助けを求めた。

「誰か呼んでこい」

「あ……」

「早くしろ!!」

厳しい声のラウにエラルドはハッとし、我に返ると小刻《こきざ》みに頷く。そして慌《あわ》てて走り出す。

ラウはサンドラの容態を一目見て、眉をひそめた。

「こりゃあ、まずいな。出血が酷《ひど》い。どれほど深く斬られたかはわからんが……失血死してしまう可能性もある」

ラウは上着をおもむろに脱ぐと、それを使い止血する。

次にラウはルイスの様子を確認した。

「目立つ外傷は特にないが、汗がすごいな。呼吸も浅い。軽傷なのにこの状態は……まさか、毒か」

ルイスは最初の一撃を受けた時、かすり傷で済んだが、どうやら男の剣の刃先には毒が塗られていたようだ。

ラウは焦《あせ》った様子で、ルイスの額《ひたい》の汗を拭《ぬぐ》ってくれる。

「ルイス、サンドラ……頑張ってくれよ」

ルイスは霞《かす》む目で、ぼんやりとラウを見ていた。

◆◆◆

レーヴァンは部屋の扉を軽く叩くと、中へ入った。

「……レーヴァンか」

そこには壁にもたれかかるラウがいた。

少し離れたところにあるベッドでは、ルイスが寝ているのが見える。

「ルイスの容態は？」

「大丈夫だ。処置が早かったのが幸いだった。峠《とうげ》は越えた。あとは意識が戻れば……」

レーヴァンの問いにラウは安堵《あんど》した表情を浮かべると、息を吐く。

「それと、サンドラは……隣の部屋にいる。……だが、容態はあまりよくない」

ラウによると、ルイスは毒のせいで痺《しび》れや嘔吐《おうと》を繰り返して呼吸困難になり、その後、一時昏睡《こんすい》状態だったという。

だが、今しがた、ラウの問いかけに反応を示し、回復の兆《きざ》しが見えてきたそうだ。

その一方で、サンドラの容態は思った以上に悪いらしい。

彼女は背中を非常に深く斬られていて、出血量も多かった。

医師の見立てでは、傷は内臓には達していないそうだが、容態は時間が経つにつれて悪くなりつつある。

ラウの報告を聞いて、レーヴァンは厳しい表情を浮かべる。

「……侵入者の手がかりは？」

「それが、俺が駆けつけた時には、既《すで》に姿がなくてな」

ラウが駆けつけた時、既《すで》に侵入者の姿はどこにもなかった。その代わりに、ルイスとサンドラが血まみれで倒れていたらしい。

「そう」

レーヴァンは短く答えて、ルイスを見た。

呼吸は落ち着いているが、額《ひたい》には大量の汗が流れている。熱があるのか、顔は上気していた。

ここに来る前に、使者から簡単な報告は受けていたが、それよりもだいぶ症状が酷《ひど》かったようだ。

レーヴァンはサンドラの様子を窺《うかが》うべく、隣の部屋へと移る。

中に入ると、エラルドが不安げな表情を浮かべ、ベッドで眠るサンドラの手を握っていた。

「……レーヴァン」

エラルドには応えず、レーヴァンはサンドラを見る。

サンドラもまた高い熱を出している様子だ。

ルイスに比べ、彼女のほうが数段呼吸が浅い。大量の汗をかき、顔色も悪い。

時折譫言《うわごと》が聞こえてくるので意識はある様子だが、明らかにルイスより容態は深刻だ。

レーヴァンはしばらく立ち尽くしていたが、不意にエラルドに言う。

「ねぇ、エラルド。君に使いを頼まれて欲しいんだけど」

「使いって……今はちょっと。サンドラやルイスの側《そば》にいてあげたいし。ルイスにはとりあえずラウがついてるけど、サンドラは一人になっちゃうから」

先ほどサンドラの自邸に早馬で報《しら》せを出したが、距離があるため、マグダレーナがここに到着する頃には夜が明けてしまう。今は一刻を争う状態で、もしものことが想定されるゆえに、一人にさせるのは気が引けると、エラルドは嫌がった。

「ルイスのためなんだ。……それに、君がいても何にもならないよ。医師もいるわけだし」

遠回しに役に立たないと言うと、エラルドは見てわかるくらい落ち込んだ。

エラルドは最後まで抵抗をみせたが、レーヴァンが睨《にら》むと、渋々部屋から出ていった。

一人部屋に残ったレーヴァンは、ベッドに横たわるサンドラを見下ろし、笑う。

「滑稽《こっけい》だな」

ルイスは本当に情けない。まさか女性であるサンドラに庇《かば》われ、命を救われるなど。

ルイスと決闘をした時、彼の甘さを感じた。

(昔から知っていたけれど、まさかこれほどまでとは。元騎士団長の名が、聞いて呆《あき》れるよ)

ルイスは剣の腕は確かだ。だが、彼は人を斬った経験がない。

だからレーヴァンが剣を掴んだ瞬間、流れ出た血を目《ま》の当たりにして、明らかに動揺して自分自身を見失った。

今回も同様だ。騎士団員が三人も揃《そろ》っていて、たかだか侵入者一人にこれだけの傷を負《お》わされた。

サンドラとエラルドも、ルイス同様実戦経験がない。

それゆえに不意打ちに対処できず、この様《ざま》だ。

(ルイスはあの様子なら問題ないけど、サンドラは最悪死ぬかもね。もしサンドラが死んだら、ルイスはどうなるかな？　アレのことだ。自責の念に苛《さいな》まれ、再起不能にでもなりかねない……まあ、僕はルイスやサンドラがどうなろうと、興味ないんだけど)

レーヴァンは表情を全く動かさずに、足早に部屋から出ていった。

◆　◆　◆

「どうして僕が……」

エラルドは思わずぼやく。エラルドはルイスの屋敷前にいた。

レーヴァンのお使い。それは、ルイスの屋敷に赴《おもむ》きミランに事情を説明して、なおかつアルレットの様子を報告することだった。

（レーヴァンのことだから、どうせミランへの説明はついでだ。そんなものは、僕でなくとも人を遣《や》れば事足りる。本来の目的は、アルレットの様子を知ることに決まってる。なんでこんな時に……）

エラルドはそう思うが、今さら引き返すわけにもいかない。

「エラルド様……いかがなさいましたか」

「えっと、ミランだよね……？」

扉を開けたミランは、以前とは変わり果て、窶《やつ》れていて顔色が悪い。まるで別人のようだ。

エラルドは驚きながらもミランに促《うなが》されて屋敷に入り、客間の椅子に腰掛ける。

すると、ミランがお茶を出してくれた。

「ありがとう……」

エラルドは礼を述べたのち、今回の事件の一部始終をミランに話し、ルイスはしばらく療養するゆえ戻らないことを伝えた。ミランは静かに瞳を伏《ふ》せる。

「そうですか……わかりました。わざわざご足労いただき、ありがとうございます」

エラルドは、ミランは話を聞いたら動揺して取り乱すかと思っていたが、意外にも彼は冷静だった。それにエラルドは驚く。

「あー……あとね、その、あのさ、アルレットちゃんは……その、元気？」

さりげなくアルレットの様子を聞き出すつもりだったが、かなり直球に聞いてしまった。

不器用なエラルドに、遠回しに聞くことなどできるはずがなかった。

（まずい……ミランは不審に思ったに違いない）

レーヴァンにはあくまでも気付かれないようにと言われていたが、今さらだ。

だが、エラルドの問いの意図を追及してくると思われたミランは、酷《ひど》く視線を彷徨《さまよ》わせた。

「アルレット様は……その」

普段ははっきりとした物言いのミランとは思えない、歯切れの悪さだ。

戸惑《とまど》い、何かを考えているように見える。

エラルドはそんな様子のミランを見て、眉根を寄せた。

「ねぇ、ミラン。何かあったの？　なんか変だよ」

ミランはエラルドの問いに黙り込み、しばらくして静かに口を開いた。

「…………エラルド様。こちらへ来ていただけますか」

ミランは客間からエラルドを連れ出すと、二階の最も奥にある部屋へと向かった。

そして、彼は扉の前で立ち止まると、再び口を開く。

「エラルド様……このことはくれぐれもご内密にお願いいたします。特にレーヴァン様には」

ミランが扉を開けると、部屋の中にはアルレットがいた。

そのことに別段驚く要素はないが、久々に見たアルレットに、エラルドは驚愕《きょうがく》した。

「アルレット、ちゃん……なんで、どうし……なに、なにこれ」

元々細身のアルレットはさらに痩《や》せ細《ほそ》り、顔色は青白い。

「エラルド様」

アルレットはエラルドに気付くと、小さく掠《かす》れた声でそう口にした。

そして、力なく微笑む。

(これが、あの愛らしかったアルレットちゃん……？)

窓は鉄格子《てつごうし》で塞《ふさ》がれ、アルレットの足には枷《かせ》がつけられて、鎖《くさり》で繋《つな》がれていた。

(これではまるで……牢獄だ)

エラルドは目を見開き、動けずにいた。あまりに悲惨《ひさん》な光景に、背筋が凍《こお》る。

(あの夜会の日、僕がアルレットちゃんを連れ出さなければ、こんなことにはならなかった……？)

そもそもエラルドがアルレットを夜会に誘ったのは、自分の居場所を取り戻したかったからだ。

サンドラはレーヴァンとの婚約を機に、騎士団を辞めてしまった。

ルイスも城を出てしまった上に、アルレットと結婚してからは帰宅が早くなってしまい、一緒にいる時間が減った。

エラルドは、ずっと三人でいたかった。そして、思いついた。

アルレットを夜会に連れていって、ルイスとサンドラの親しい様子を見せれば、アルレットはルイスに嫌気が差し、仲が悪くなるのではないか。

そうすればルイスは、自分に構ってくれるのではないか。

ルイスといれば、いつかサンドラも戻ってくるかもしれない。

……そう思った、それだけだったのに。

(彼女は何も、悪くないのに。なんで、こんな酷《ひど》いことをするの)

エラルドの喉《のど》の奥から、絶望の声が漏れる。

「あ………ああ……」

エラルドは怖くなり、屋敷を飛び出した。

(僕は、悪くない……悪くなんて……だって、ルイスとサンドラが、僕を独りにするから、いけないんだっ)

そして待たせていた馬車に乗り込んで、城に向かう。

エラルドは呆然《ぼうぜん》とすることしかできなかった。悪い夢でも見ている気分だ。

(誰が……あんな惨《むご》いことを……)

そんなことは考えるまでもないことを、流石《さすが》にエラルドもわかっていた。

あの屋敷の主人である、ルイスだ。

「なんで……？　わかんないよ……ルイス、なんで……レーヴァンと決闘をしてまで、取り戻したかったんじゃないの？　なのに、どうしてあんな……」

アルレットの痛ましい姿が、エラルドの頭から離れなかった。

◆ ◆ ◆

レーヴァンはルイスとサンドラのもとを訪ねたあと、離宮の自室ではなく、別の部屋に向かった。

そして今は誰も使用していないそこへと入ると、ベッドに腰掛ける。

「……」

レーヴァンはシーツを優しく撫でる。まるで誰かがいるように。

この部屋は以前、アルレットが滞在していた時に使用していた部屋だ。

レーヴァンはたまにこうしてここに来ては、何をするでもなくただ時間を過ごす。

「レーヴァン様、よろしいでしょうか」

いつの間にか、レーヴァンの前には跪《ひざまず》く男が一人いた。

レーヴァン直属の護衛団——通称『影の騎士団』の一員だ。その存在は公表しておらず、彼らの全貌《ぜんぼう》はレーヴァン以外、国の誰も知らない。

レーヴァンは、男を真っ直ぐ見た。

「……侵入者はどうした？」

「ただいま、追跡しております」

男からの報告に、レーヴァンは笑みを浮かべる。

ルイスたちが襲われる前に、レーヴァンは侵入者の報告を既《すで》に受けていた。

だが、泳がせて敵の出方を見るため、あえて捨て置いた。

（まさかルイスたちを襲うとは……面白い結果になった）

はっきりとした目的は不明だが、侵入者がルイスたちを狙ったことは確かだ。

しかし、あの三人のうち誰を狙ったのかは、今のところ不明である。

レーヴァンが思考に耽《ふけ》っていると、再び男が口を開いた。

「それと、ルイス様ですが」

「……ルイスがどうした」

「お目覚めになられたそうです」

レーヴァンは男に頷くと、再びルイスのもとへ行くことにした。

部屋の中にはルイス、ラウの他に、エラルドの姿もある。

（要領の悪いエラルドにしては、戻りが早い。何かあったか？）

エラルドを見ると、顔色がよくないようだ。

とりあえずエラルドのことは後回しにして、レーヴァンは未だベッドに横たわるルイスへ声をかける。

「ルイス、目が覚めたんだね」

ルイスは顔だけを動かし、レーヴァンを見た。

「兄上……面目《めんぼく》次第もないです……」

ルイスはポツリとそう言うと、視線を逸《そ》らした。レーヴァンは笑みを浮かべて、ルイスの側《そば》へ寄る。

「可愛い弟が、無事でよかったよ」

そう言って、優しくルイスの頭を撫でた。

意外なレーヴァンの行動に、ルイスもエラルドも驚いた表情を浮かべたが、ラウだけは顔を曇《くも》らせる。

「……レーヴァン、侵入者だが、今捜索をさせている」

ラウの言葉に、レーヴァンは笑みを作り変えた。

「いや、いい。騎士団には期待していないから。既《すで》にこちらで動いているから必要ないよ」

ラウは黙り込む。

レーヴァンが『影の騎士団』の数人を連れて歩いている時、何度かラウに遭遇《そうぐう》したことがあった気がする。公表してはいないものの『影の騎士団』の存在自体は城で噂されているため、レーヴァンが今回の件について彼らを動かしていることを、ラウは察しているのかもしれない。

(まあそんなことは、取るに足らないことだけどね)

レーヴァンは後回しにしていたエラルドに、視線を向けた。

「あぁ、そうだ。エラルド、僕のお使いはどうだった？」

エラルドはレーヴァンの言葉に、ビクッと身体を震わせた。明らかに様子がおかしい。

「……と、特に何も……」

レーヴァンは射貫《いぬ》くような視線で、エラルドを見る。

「なんの話だ？」

ラウは、様子のおかしいエラルドを庇《かば》うように話に割って入ってきた。

レーヴァンは、飄々《ひょうひょう》と答える。

「僕とエラルドの二人だけの内緒話《ないしょばなし》だよ。ね？」

「う、うん……」

エラルドが恐々と頷いた時、サンドラがいる隣の部屋が騒がしくなった。

（……理由は確認するまでもないか）

怒号や悲鳴が聞こえたあと、誰かがバタバタと暴れるような気配がしたと思ったら、レーヴァンたちのいる部屋の扉が蹴破られる勢いで開いた。

そこには、レーヴァンが想像していた通りの人物が立っていた。

「一体、これはどういうことなの!?」

まだ夜明け前だというのに、城中に響き渡るほどの怒声を上げたのは、サンドラの母マグダレーナだ。

彼女は荒々しくルイスに近づく。

「ルイス!! 聞いたわよ!! サンドラちゃんがあなたを庇《かば》ったそうね!?」

「……申し訳ございません、伯母上《おばうえ》。私が不甲斐《ふがい》ないゆえに、サンドラを危険に晒《さら》してしまいました」

「謝って済むと思っているわけじゃないでしょうね!? どう責任を取るつもりなの!? 大体いつまでそんなみっともない姿でいる気!?」

マグダレーナはベッドに伏《ふ》せているルイスに、無礼だと言う。

「申し訳ございません……」

ルイスは無理やり身体を起こそうとするが、それをレーヴァンが手で制した。

「伯母上《おばうえ》。責任も何も、サンドラが怪我《けが》をしたのは彼女自身の責務です」

「なんですって⁉」

「サンドラは今、騎士団に所属しているんですよ？　一般の貴族の令嬢ではないんです。騎士団に身を置くことの意味を理解なさっておられますか」

レーヴァンは嘲笑《ちょうしょう》して、マグダレーナを見る。

「もし今、戦《いくさ》が起これば、騎士団員は戦《いく》さ場《ば》に赴《おもむ》かなければなりません。それは、いつ死んでもおかしくないということを意味します。サンドラはそれを自ら選び、騎士団へと戻ったんですよ。サンドラは守られる側ではなく、守る側なんです」

レーヴァンの言葉にマグダレーナは顔を真っ赤にして震えているが、何も言い返さない。

いや、返せないのだ。

レーヴァンは淡々と、さらに続ける。

「騎士団という場所は遊び場ではない。国益を守り、民衆を守る場所なんですよ、伯母上《おばうえ》」

「煩《うるさ》いわね!!　そんなことはね、わかってるわよ!!!」

マグダレーナは部屋から勢いよく飛び出していった。

（差し詰め、父上のもとへでも行ったのだろう……）

まるで嵐《あらし》が去ったあとのような雰囲気だ。

レーヴァンの言葉はマグダレーナだけでなく、ルイスやエラルドの身にも同様に染みたのか、二人は複雑な顔をしていた。

沈んだ空気が漂《ただよ》う部屋の中で、レーヴァンは穏やかに言う。

「だから、ルイスが気に病《や》む必要はないんだよ。たとえ不甲斐《ふがい》ない君を庇《かば》ってサンドラが死んだとしても、それは彼女自身の責務なんだから」

レーヴァンが言うと、ルイスは痛みを堪《こら》えるような顔をした。

「ここに来る前に報告を受けたんだけど、サンドラも峠《とうげ》は越えたみたいで、よかったね」

ルイスもエラルドもラウも黙り込む中、レーヴァンの声だけが部屋に響いていた。

◆◆◆

ルイスが意識を取り戻してから、数日後。

ラウはいつも通り稽古《けいこ》に励んだあと、自邸に帰るべく馬車に乗っていた。

ラウは月に一、二度自邸に戻るが、ほとんどは騎士団の宿舎で寝泊りをしているため、久々の帰宅だ。

馬車に揺られながら、ラウは深いため息をつく。

（最近は悩みが絶《た》えねえな……）

ルイスとレーヴァンの決闘からさほど時間が経たないうちに、今度はルイスとサンドラが刺されるという事件が起きてしまった。

今は回復したルイスは、自らを庇《かば》い負傷したサンドラにつきっきりになり、いきすぎだと思われるほど看病を続けている。

レーヴァンは、たまにルイスやサンドラの様子を見に来ている。

だが、ラウにはどうしてもレーヴァンが二人を心配して訪れているようには見えなかった。

(……相変わらず、何を考えているのか全く読めないな)

ラウの知らぬ間に、三人は変わっていた。

(成長したといえば聞こえはいいが……どこで間違えたんだろうな)

ルイスとレーヴァンはそれほど仲の良い兄弟ではなかったが、別段仲が悪かったわけではない。

どこにでもいるような兄弟関係だった。

それがここに来て、少しずつおかしくなってきた。

(原因は、あの少女……いや、それはきっかけに過ぎないのかもしれない)

これまでの二人の見えない確執《かくしつ》が、浮《う》き彫《ぼ》りになっただけで。

ルイスは笑うことが苦手で、ぶっきら棒《ぼう》で誤解されやすい子供だった。

だがその一方で、真っ直ぐで真面目な性格だ。

初めこそ敬遠されることが多いが、接していくうちに人から信頼や人望を得ることができていた。

いつも無表情であるため相手に感情が読まれにくく、剣術も思いの外《ほか》上達が早かった。

それゆえにラウは、ルイスは闘《たたか》いに向いているかと思っていた……あの決闘を見るまでは。

(あの感情的な闘《たたか》い方を見て、俺は正直わからなくなった……)

兄のレーヴァンは作り笑顔が得意で、常に相手に合わせて自分を変化させる、賢《かしこ》い子供だった。

ラウですら、未だ本当のレーヴァンを知らない。

大人たちからの人望を集め、彼らをうまく操る。

その反面、尋常でないほど警戒心が強く、他人にまるで関心がない。

自分の離宮《しろ》にはレーヴァンの許した人間しか入れることはなかった。

(……あれは、誰も信じていない。俺ですら、奴の本心がわからない)

レーヴァンは幼い頃から独りきりで闘《たたか》っているように見えた。

そんなレーヴァンが、アルレットだけには執着している。

(まったく、何がなんだかわからん)

そう思った時、馬車が大きく揺れ、停まった。

どうやらラウが考え込んでいるうちに、いつの間にか馬車は自邸まで来ていたようだ。

ラウが馬車から降りると、見覚えのある後ろ姿が目に入る。

(ここにももう一人、頭痛の種がいたか……)

ラウは、頭を抱《かか》えたい気持ちを抑えつつため息をつくと、頭痛の種――エラルドに声をかけた。

「何しているんだ、エラルド」

「ラウ……」

情けない顔で振り返ったエラルドを見て、ラウは呆《あき》れた顔をした。

「ったく、いつからそうしているんだ？　中に入れ」

ラウが促《うなが》すと、エラルドは屋敷の中へと入った。

すると、清潔感があり爽《さわ》やかな執事が二人を出迎える。

執事のヴィダルは、ラウの昔からの腐れ縁で、自ら執事としてついてきた。

……と、ラウは思っている。だが、ヴィダルは「私は致し方なくついてきただけです」と言っていた。少々面倒くさいところもあるが、ラウは彼を信頼している。

そんなヴィダルは、きっちりと礼をした。

「お帰りなさいませ。おや、お一人ですか」

「いや、これを拾った」

「……僕、物じゃないんだけど」

エラルドは拗《す》ねたように口を尖《とが》らせる。

ラウがガハガハと笑っていると、ヴィダルは首を傾げた。

「エラルド様、本日はお一人ですか？」

「は!?　そっちかよ！　目の前に俺がいるだろうが！」

「……さあ、エラルド様。お食事にいたしましょうか」

「無視すんな」

「あぁ、あなたもいらっしゃいましたか。滅多《めった》にお戻りになられないので、存在を忘れておりました。むしろエラルド様方のほうが頻繁《ひんぱん》にいらっしゃいますので」

ラウはぐっと言葉を詰まらせた。

エラルドやルイス、サンドラの三人はここしばらく、頻繁《ひんぱん》にラウの屋敷に出入りをしていた。

鍛錬《たんれん》を終えると、三人は毎日のようにラウが不在の屋敷に集まり、食事をしたり酒を飲んだりしていたらしい。

(それも、ルイスとサンドラが負傷する前の話だが……)

食堂へ通され、ラウとエラルドは食卓についた。

ラウはじっと側《そば》に立っている執事に声をかける。

「ヴィダル」

「はい、はい。邪魔者は退散いたします。エラルド様、ごゆっくりどうぞ」

ヴィダルは丁寧にお辞儀《じぎ》をすると、そのまま食堂をあとにした。

しばらくすると、テーブルには二人では食べきれないほどの品数の料理と酒が並べられた。

エラルドは呆《あき》れたようにラウを見るが、ラウは次々と料理に手をつけていく。

「エラルド、まあ食って飲め」

ラウが勧《すす》めると、エラルドも近くにあった料理を口に放り込んだ。

しばらくたわいない話をしたあと、ふとラウは真面目な顔をして、酒の瓶《びん》を置く。

「エラルド」

「何?」

ラウの様子が変わったことに気付いたのか、エラルドはラウに視線を移した。

「お前は少し自立しろ」

ラウの言葉に、エラルドは押し黙る。

ラウは真剣な表情で続けた。

「いつまで、ルイスやサンドラの背中を追いかけるんだ？」

エラルドは俯《うつむ》くと、まるで独り言のように口を開く。

「……僕は、ただ昔みたいに戻りたい、だけで」

「過ぎ去った時間は、戻すことはできない。ルイスもサンドラもレーヴァンも、よくも悪くも成長はしている。誰もが、いつまでも子供のままではいられやしないんだ」

エラルドは唇を噛み締めた。

「でも……一人は……やだよ」

今にも泣き出しそうなエラルドは、まるで幼子《おさなご》だ。

エラルドだけ昔のまま、独り取り残されているように見えた。

ラウはエラルドの頭をぐしゃぐしゃと撫でてやったあと、眉尻を下げて笑う。

「ったく、いつまで経っても餓鬼《がき》だな……エラルド、お前の親父さんの話をしてやる」

ラウの意外な言葉に、エラルドは顔を上げた。

ラウは、滔々《とうとう》と話し始める。

「お前の親父さんはな、立派な人だった。まだ若かったが立派に騎士団の団長を任され、人望も厚く、誰からも尊敬されていた。俺はそんなお前の親父さんに、救われた。……お前が赤子の時は、まだ戦《いくさ》が続いていたのは知ってるな？」

エラルドが頷いたのを見て、ラウは再び口を開く。

「俺は、敵国の兵士だったんだ」

あまりに驚いたのか、エラルドは息を吸うのも忘れたようにぽっかりと口を開け、目を見開き、ラウを見ていた。

「……俺は、お前の親父さんと斬り合った。で、俺は敗《やぶ》れ、そのまま死ぬはずだった。それをあいつは何を思ったか、俺を手当てした挙句、この国に連れてきた」

ラウは記憶を辿るように、一言一言《ひとことひとこと》を確認しながら話した。

エラルドは、震える声で問う。

「なんで、父さんはラウを連れ帰ったの。敵国の兵士だったのに……」

「わからん。あいつは変わり者だったからな。ただ勿体《もったい》ないとは言っていたな。俺はあの時死なせるには惜《お》しかったらしいぞ」

ラウは自慢げに笑い、エラルドを見た。

エラルドの父親は現国王の実弟で、若くして騎士団団長の地位に就《つ》いていた。剣の腕も人柄《ひとがら》も申し分なかった。

「……いい奴ほど、早く逝《い》ってしまうな」

ラウはたまに思う。敵国の兵士だった自分がここにいるのに、何故彼がいないのかと。

ラウが彼に拾われたあとも、戦《いくさ》はしばらく続いていた。

彼は、一度帰還したにもかかわらず、再び戦《いく》さ場《ば》に戻っていった。まだ年若い妻と赤子だったエラルドを残して。

そして彼が、戻ることは……なかった。

「エラルド、お前はあいつの息子だ。それを誇《ほこ》れ。お前の在《あ》り処《か》はどこにある？　お前は何者なんだ？　自分を持て。見失うな。他者に認《みと》められたいなら、まず自分自身を認《みと》めろ。居場所など、あとからついてくる」

ラウがかつての友に思いを馳《は》せながら告げると、エラルドは唇をきゅっと結び、ラウを見つめていた。

第十一章

ミランがエラルドから、ルイスが城に侵入者した何者かによって負傷したと聞いてから、十日ほどが経った。

ルイスから、しばらく屋敷には戻れない旨の手紙がミラン宛に届いた。

（ルイス様自身はご快復されたが、サンドラ様がルイス様を庇《かば》って重傷であるため、その看病をしなくてはならないと……どうしたものか。状況は悪くなる一方で、先がまるで見えない）

ミランは手紙に書かれた内容を読み終えると落胆《らくたん》し、失望感に苛《さいな》まれた。

（エラルド様には伝わらなかっただろうか。レーヴァン様には言わないようにと念を押した、本当の理由を）

レーヴァンならばきっとアルレットを救ってくれる……とミランは考えた。

あの夜会の夜、ルイスはサンドラを連れて帰ってきた。

ルイスからは詳しくは聞けなかったが、後日エラルドからルイスとサンドラに何があったかを聞かされた。

しかもレーヴァンは、アルレットを城へと連れて帰り、二人を交換するようにルイスに言っていたそうだ。

（その時は、正直莫迦《ばか》げた話だと思ったが……）

今のミランは、レーヴァンならばアルレットを助けてくれるのではないかと希望を持っていた。

だが、ミランはルイスの執事だ。主人を裏切るようなことを言うことはできない。

そのため、本音とは正反対の台詞《せりふ》ではあったが、あえてレーヴァンの名前を出した。

しかし、エラルドにはその意図が伝わらなかった……もしくは、エラルドがルイスの味方をし、共にこの事実を隠匿《いんとく》しているか。

（いずれにせよ、私のしたことには、なんの意味もなかったということだ。もはや希望は潰《つい》えたか……）

ルイスが屋敷に戻らなくなって、だいぶ経つ。ミランにはどうすることもできずに、ただ時間だけが過ぎていく。

最近アルレットの身体の調子が思わしくない。

彼女はここのところ、食事にもほとんど手をつけなくなっている。

ミランは幾度《いくど》もルイスへその旨を記《しる》した手紙を送ったが、なんの返事もなかった。

日に三回、決まった時間にミランはアルレットの部屋に食事を運ぶ。

日に日に弱っていくアルレットを見るのが、ミランは辛《つら》かった。

しばらく、ミランは立ち尽くしていた。どれくらいそうしていたのか、自分ではわからなかった。

昼を知らせる時計の音が鳴り、ミランは我に返る。

(急いで昼食の準備を始めなければ)

ミランは無意識にポケットに手紙を入れ、厨房へと向かった。

◆◆◆

「アルレット様……お食事をお持ちいたしました」

「……ありがとう……」

アルレットは、食事を運んできてくれたミランに弱々しく微笑んだあと、カトラリーを手にした。

だが、すぐにテーブルに置いてしまう。

「せっかく用意してくれたのに、ごめんなさい。食欲がなくて……」

ミランは「いいえ」と首を横に振りながらも、しばらく様子を窺《うかが》っていた。だが、手をつける様子がないことがわかると、片付けを始める。

アルレットは申し訳なさに目を伏《ふ》せると、床に紙が落ちているのを見つけた。

(何かしら……？)

それを拾い上げて、何が書いてあるのかを見る。

それは、もう随分《ずいぶん》屋敷に帰ってこないルイスが、ミランへ宛てた手紙だった。

(サンドラ様のために、ルイス様は帰ってこない……)

アルレットは唇をきつく結んだ。

(なんとなくは、わかっていたけど……そっか、そういうことなんだ)

改めて突きつけられた現実に、アルレットは身動《みじろ》ぎ一つできない。

「アルレット様、それでは私はこれで……」

アルレットを振り返ったミランは、目を見開いた。

「……それを、お読みになられたのですか」

ミランは、これをアルレットに見せるつもりはなかったようだ。間違えて落としてしまったのだろう。

ミランはこれまで見たことがないほど、焦燥感《しょうそうかん》を滲《にじ》ませている。

彼を安心させたくて、アルレットはにっこりと笑ってみせた。

その瞬間、ミランは泣きそうな顔をする。

「……あなたはこのような目に遭《あ》ってもなお、他者《ひと》を気遣ってくださるのですね。それなのに、私は無力で、何もできない……情けない人間で……」

ミランはしばらくの間、俯《うつむ》いて黙り込んだあと、意を決したようにアルレットを見つめた。

「アルレット様……もう終わりにいたしましょう。こんなことは、おかしいです」

ミランは泣き笑いのような表情を浮かべると、アルレットの足枷《あしかせ》の鎖《くさり》を左手で掴み、右手でナイフを握った。

「これで……」

ミランがナイフを振《ふ》り翳《かざ》した、その時。

ポタポタと血が床に垂れる。

——ミランが何者かに、背後から刺された。

まるで気配がなかった一瞬の出来事に、アルレットは唖然《あぜん》とする。

ミランを刺した見知らぬ男は剣を引き抜くと、アルレットを見る。

「ミランっ!!」

アルレットは、弱りきった身体で精一杯の声を上げると同時に、無意識に後退《あとずさ》った。

「ある……れ、さまっ……お逃げ、くださっ」

ミランは床に倒れ、刺された傷から止めどなく血を流しながらも、男の足を掴んでアルレットに近づけないようにする。

「ミラン!! ……ぁ……」

突然、アルレットは風を感じてその方向を見ると、運よく扉が開いたままだった。

（逃げ、られる……）

そう思ってアルレットは身体を動かすが……

――ガシャンッ。

冷たい金属の音が部屋に響く。

アルレットは、自分の足が枷《かせ》に繋《つな》がれているという現実を思い出した。

男は、必死に足に纏《まと》わりつくミランを足で蹴って引《ひ》き剥《は》がす。

（これは、悪い夢なのだろうか）

一秒がこんなにも長いと感じたのは、生まれて初めてだった。

ゆっくり、ゆっくり、男は一歩、また一歩と、アルレットへと近づいてくる。

不思議と身体は震えていない。

（……そっか、私は殺されるんだ）

アルレットはまるで他人事のように思った。

もし、足枷《あしかせ》がなかったら……アルレットは一か八かで男の横を擦《す》り抜《ぬ》け、扉へ駆け出せたかもしれない。

もしかしたら逃げられたかもしれない。

だが、今のアルレットにはその選択肢すら与えられない。足枷《あしかせ》が初めて重く感じた。

男はアルレットの前で静止すると、刃先をアルレットへ突きつける。

アルレットには為《な》す術《すべ》などなく……諦《あきら》めて瞳を伏《ふ》せた。

目を閉じると、幼い頃からの記憶が頭を過《よぎ》った。

人は死ぬ間際、これまでのことが走馬灯のように駆け抜けるというが、まさにこれがそうなのだとぼんやり思う。

物心ついた時には、既《すで》に妹ばかりを可愛がる父と母がいた。

確かに妹は甘えることがとても上手で、可愛らしい。

それに比べてアルレットは甘え方がわからず、いつも俯《うつむ》いてばかりだった。

自分でも可愛くないとわかっている。

だが、アルレットだって、最初は思った。

(どうしてシルヴィアばかり可愛がるの？)

憤慨《ふんがい》する感情だって、確かにあった。

いつも我儘《わがまま》放題の妹がたまに酷《ひど》く羨《うらや》ましくて、ずるいと感じた。

だがある日、羨《うらや》んだり妬《ねた》んだりすることに疲れ……感情を捨てた。

諦《あきら》めて、心を無にした。

(だけど、こんな私にも、十六歳で婚約者ができた)

婚約者は両親のように差別するような人ではないと思ったが、それは勘違いだった。

(まさかシルヴィアと浮気をするなんて……)

結局、みんな、妹なのだ。

妹は自分の婚約者が気に入らないと言って……アルレットに交換しろと要求してきた。

そして、妹の婚約者だったルイスと出逢った。

ルイスの執事のミランと出逢い、ルイスの友人のエラルドと出逢い、ルイスの想い人のサンドラと出逢った。

そして、ルイスの兄の……レーヴァンと出逢い……

『僕のことはお義兄様《にいさま》と呼んで欲しいな』

『君が好きだから』

『僕なら大丈夫だよ』

『……っ、アルレットっ！』

『ありがとう』

レーヴァンの声が、頭の中に響いた。

このまま、この牢獄のような部屋で屍《しかばね》のように生きていくなら……死んでしまってもいい。

そう、思ったこともある。

どうせ、アルレットがいなくなっても何も変わらない。誰も悲しまない。そう思った。

(でも、やっぱり、死にたくないっ)

死んでしまったら、もう彼に会うことはできない。

急にアルレットの諦《あきら》めた心が、死にたくないと、叫ぶ。

それを認識した瞬間、アルレットの身体は震え出した。

（怖い、死にたくない。助けて……!!）

アルレットは恐怖のあまり、手を限界まで握り締めた。

アルレットの手の中には小瓶《こびん》があった。

この部屋に繋《つな》がれてから、いつも握り締めていた。それだけで心が落ち着き、安心できた。

諦《あきら》めては、握り締めて、まだ生きていると実感した。

ルイスが屋敷に戻らなくなり、彼がサンドラと会っているのだとわかっていても、これがあったから耐えられた。

アルレットにとっては、お守りと同じだった。

（…………レーヴァン様、あなたが……好きです）

アルレットはルイスの妻だから、口には出せなかった。

（それでも、やっぱり、私は、あなたが好き……）

強く大きな気持ちが、アルレットの身体中を駆け巡る。

（あなたに会いたい。あなたの声を聞きたい。あなたにもう一度名前を呼ばれたい）

そう願っても、目の前の現実は変わらない。

（こんなことになるなら、言えばよかった。間違っていても、たとえ誰かから非難されようと、伝えればよかった。だって、死んじゃったら……もう、伝えることはできないもの）

アルレットの身体は震えながらも、唇は弧《こ》を描く。

（莫迦《ばか》だなぁ、私）

『君が好きなんだ……ねぇアルレット、僕を選んでよ』

もし時間を戻せるなら、ルイスと向き合ってちゃんと話したい。

そして自分の想いを伝えたい。

(私はルイス様を選ぶことはできない、と……伝えたい。たとえ、ルイス様から怒られても罵《ののし》られても、軽蔑《けいべつ》されようとも)

いつかルイスが読んでいた『姫と騎士の恋物語』。アルレットは姫が我慢すれば誰もが幸せになれると思ったが、それは違っていた。

我慢を強《し》いられた姫は心を殺し、人形《にんぎょう》のように微笑む。そのことにいつか騎士も気付き……騎士自身も苦悩し結局不幸になる。偽《いつわ》りの幸せはいとも簡単に崩《くず》れてしまう……

それなら、始めからきちんと伝えたほうがよかった。

もっと向き合うべきだった。ルイスにもアルレット自身にも。

ルイスがあんな風になってしまったのは、アルレットにも責任がある。

もしも、別の形でルイスと出会うことができていたら……いい友人になれたかもしれない。

(だって、二人ともびっくりするくらい不器用で、どうしようもなく気持ちを伝えるのが苦手なんだから)

ちゃんと彼と向き合うことができていたなら、こんな結末にはなっていなかったかもしれない。

(そして許されるなら、レーヴァン様と一緒に……)

下らない、妄想だ。

（人って本当に後悔する生き物なんだなぁ）

アルレットは可笑《おか》しくなってきた。

（神様、もしいるなら、あと一回だけでいいです。レーヴァン様に、私を会わせてください。そうしたら、もう後悔はしません）

――レーヴァン様。

アルレットは声にならない声で、彼の名前を呼んだ。

そしてそのまま、床に倒れた。

◆　◆　◆

エラルドは、誰もいない稽古場《けいこば》に、一人佇《たたず》んでいた。

十日ほど前に、ラウに言われた言葉が重くのしかかる。

あれからずっと考えていた。

考えて、考えて、考えて……考えた。

だが、どうしたらいいのかわからない。

あの牢獄のような部屋の光景が頭から離れない。アルレットのあの姿が頭から離れない。

レーヴァンに報告するべきか、悩んだ。

だが、ミランからもレーヴァンには言わないようにと釘を刺されている。

それにもしも、レーヴァンの知るところになれば、ルイスはただでは済まないだろう。

レーヴァンはどう見ても、アルレットのことを気に入っていた。

わざわざサンドラと交換すると公言していたくらいだ。

だから、決闘の時にわざとルイスに負けたことには、驚いた。

レーヴァンの考えていることはエラルドには理解できない。だから、余計に怖い。

ルイスがどうなってしまうのかが、わからない。最悪、首を落とされるかもしれない。

「どうしよう……僕は、どうしたらいいの……」

このままではだめだとわかってはいる。このままだとアルレットが死んでしまうかもしれない。

(どうにかして、助けなくちゃ。こうなったら、ルイスに直談判《じかだんぱん》して……いや、それも怖い。ルイスの秘密を勝手に覗《のぞ》いたことがバレてしまう。そうしたら、ルイスに嫌われてしまう……)

エラルドは頭を巡らせるが、答えは一向に出そうにない。

「でも、このままだと、アルレットちゃんが……」

「アルレット嬢がどうしたの」

その声に、エラルドの心臓が跳《は》ねた。

「レーヴァンっ」

考え込んでいて、まるで気付かなかった。

いつの間にかレーヴァンが後ろにいて、鋭《するど》く冷たい目でエラルドを見ていた。

「で、アルレット嬢がどうしたの」

「な、なんでもっ、づっ‼」

誤魔化《ごまか》そうとした瞬間、エラルドはレーヴァンに胸倉を掴まれた。

レーヴァンは首を締めるように、エラルドを掴み上げる。

（息苦しい……）

「答える気がないなら、答えたくなるようにするしかないね」

レーヴァンはそう言いながら、不敵な笑みを浮かべた。

「話す、からっ……離し、てっ……」

レーヴァンはエラルドを突き飛ばすようにして手を離す。

エラルドは思わず膝《ひざ》をついて、ゴホゴホと咳《せ》き込《こ》んだ。

（僕より少し身長が高いといっても、一体どこからこんな力が出るんだよ……危うく絞《し》め殺《ころ》されるところだった）

「で、アルレットがなんだって」

レーヴァンは、相変わらず氷のような視線を向けてくる。

エラルドに残された選択肢は、全て話すことしかなかった。

◆　◆　◆

レーヴァンは城の廊下を、ツカツカと音を鳴らしながら歩く。

レーヴァンの顔からは、表情が抜け落ちていた。

そして、サンドラが療養している部屋の扉を叩くことなく、いきなり開け放った。

扉が開いた勢いのまま、部屋に大きな音が鳴り響く。

中にいたルイスやラウは驚き、レーヴァンを呆然《ぼうぜん》と見ていた。

「兄上……？」

射貫《いぬ》くような冷たい瞳で、レーヴァンはルイスを見る。

ルイスは息を呑み、部屋の空気は一瞬にして張りつめた。

「レーヴァン、どうしたんだ。何があった」

ラウは黙り込むレーヴァンに話しかけるが、レーヴァンはまるで何も反応しない。

そしてレーヴァンはルイスのもとへ行くと、彼の腕を掴んだ。そのまま強引にルイスを引っ張る。

彼は半《なか》ば引きずられるようにして、部屋から連れ出された。

「兄上っ!?」

レーヴァンはルイスの問いに一切答えず、そのまま城の外へ出た。そして無理やりルイスを馬車に押し込む。

すると、追いかけてきたらしいエラルドとラウも、滑《すべ》り込《こ》むように馬車へと乗り込んだ。

「兄上、一体なんなんですか？」

訳がわからないといった様子のルイスは、目前に座るレーヴァンを見る。

「兄上？」

ルイスはなおも問うが、レーヴァンは何も答えない。

すると、ルイスはレーヴァンの左手を見た。

「あの……兄上。父上から、兄上が私を庇《かば》って、処分を軽くしてくれたと……聞いております。寛大な心で許していただいて……」

「黙れ」

レーヴァンは普段より低い声で、一言《ひとこと》だけそう言った。

エラルドとラウは、ルイスとレーヴァンのやりとりをただ見ていることしかできなかった。

ほどなくして、馬車が停まると、ルイスは目を見開いた。

まさか目的地が自身の屋敷だとは、思っていなかったのだろう。

そして、レーヴァンはルイスを馬車から降ろし、腕を引っ張りながら屋敷の中へ入る。

屋敷内には物が散乱して、窓が割られていた。

「一体何が……どうなって……」

変わり果てた屋敷内の異様な光景に、ルイスは呆然《ぼうぜん》と呟いた。無論、エラルドやラウも同様だ。

レーヴァンも何が起きているのかわからず、動揺する。

(いや、今はそれどころではない)

レーヴァンはルイスを連れたまま、足早に二階へと上がると、長い廊下の最奥《さいおう》の部屋へ向かう。

すると、何かを察したルイスは血相を変えて叫んだ。

「そこはだめだっ。見るなっ!!!」

ルイスは止めようとするが、レーヴァンが腕をしっかりと掴んでいるため、叶わない。

レーヴァンはルイスの言葉を無視して部屋の近くまで行き、そこで異変に気が付いた。

(扉が開いている……?)

屋敷に足を踏み入れた瞬間から嫌な感じがした。

エラルドの話のことだけではない。他にも何かが起きている。

レーヴァンは、焦燥感《しょうそうかん》に駆られる。

「兄上っ、やめてください!!!」

レーヴァンはルイスを部屋の中へと放り投げるように突き飛ばす。

それと同時に、レーヴァンの怒号が響いた。

「誰だっ!?」

部屋の中で、見知らぬ男が意識のないアルレットを抱きかかえていた。

男は顔に布を巻いており、目元しか見えていない。

「あ、この男!! 城で僕たちを襲った奴だ!!」

エラルドがそう叫ぶと、男は抱《かか》えていたアルレットを床に置き、剣を抜いた。

それと同時にレーヴァンも剣を抜く。

すぐに斬りかかってきた男の剣をレーヴァンが受け止め、弾《はじ》いた。

(二刀流か。動きが読みづらいな……かなり、訓練されてる)

全く隙《すき》を見つけることができない。顔が布で覆《おお》われているため、表情を読むこともできない。

レーヴァンはなんとか力強い一閃《いっせん》を振るう。

するとレーヴァンの剣が男の顔を掠《かす》め、男は後ろに蹌踉《よろ》めいた。

「っ……」

一瞬の隙《すき》を見逃さず、レーヴァンはそのまま踏み込む。

今度は剣が男の左手を掠《かす》める。男の手から、血が流れた。

「っ……！」

男はゆっくりと距離を取ると、左手に握っていた短剣をレーヴァンめがけて投げつけた。

レーヴァンは、それを剣で弾《はじ》く。

その瞬間、男はレーヴァンたちの横を擦《す》り抜《ぬ》け、開け放たれていた扉から走り去った。

「待てっ！」

エラルドがあとを追おうとするが、ラウが制止する。

「やめておけ。追ったところで間に合わん。それに、お前では勝ち目はない」

ラウがそう言うと、エラルドはまた声を上げる。

「そ、そうだ！　ミランは!?　ミランはどこ!?」

視線を巡らせると、ミランは部屋の隅で倒れていた。ラウが抱き上げ、止血をする。

「それにしても、なんなんだ、この部屋は」

ラウの言葉に、床に突《つ》っ伏《ぷ》したままだったルイスは、ビクッと反応する。

「ルイス」

レーヴァンはアルレットを抱き上げ、ベッドに寝かせながら、低く響く声を発する。

そして、アルレットの足枷《あしかせ》を切り落とした。

足枷《あしかせ》が床に落ちる冷たい金属音が響くと同時に、ルイスは顔を青ざめさせる。

「違う……私、は……あ……あ……あぁぁ」

ルイスは一人、譫言《うわごと》のように話すが言葉にならず、奇声を上げた。

「ねぇ、ルイス？　君は何をしているの」

レーヴァンはルイスの目前に立ち、酷《ひど》く冷たい声をルイスの頭上に降らせる。

「違うっ!!　私は！　……あ、ああアルレットっ!!　……アルレットっ……」

ルイスは蹌踉《よろ》めきながらベッドへ向かうと、縋《すが》りつくようにシーツを掴んだ。

そしておかしくなったかのようにアルレットの名を呼び続ける。

「君が作り出したこの牢獄で……彼女に足枷《あしかせ》を強《し》いて鎖《くさり》で繋《つな》ぎ……閉じ込めていたんだろう」

「私は……私は」

レーヴァンの言葉にラウは唖然《あぜん》として、独り言を繰り返すルイスを見た。

「レーヴァン、一体何を言っている？　これは……なんなんだ。なんの悪い冗談なんだ？」

レーヴァンはラウの問いに答えず、ただルイスだけを見据《みす》える。

「君は……どうするつもりだったの？　アルレットを殺したかったの？」

レーヴァンが聞くと、ルイスは叫び続ける。

「違うっ!!　私はっ、私は!!　ただアルレットが、もう二度とどこにもいかないようにしたかっただけだっ！　アルレットはっ、私のものだからっ!!　だからっだからっ……!!!」

次の瞬間、レーヴァンはベッドに縋《すが》りつくルイスの胸倉を掴むと、床に放り投げた。

そして間髪《かんはつ》を容《い》れずにルイスの腹に足蹴りを入れる。

「がはっ……っ……」

ルイスは背中から床に倒れてしまう。

「レーヴァン!!　ちょっと待ってよ!!」

エラルドはレーヴァンを止めようとするが、レーヴァンはそれを無視した。

そしてルイスに剣先を突きつける。

「あ、兄上……」

「アルレットは、君のせいで命の危険に晒《さら》されたんだ」

レーヴァンは俯《うつむ》き、暫《しば》し沈黙した。そして、ベッドに横たわるアルレットへ向けて、呟く。

「アルレット……さぞ怖かっただろうね、可哀想に……」

「私は……そんなつもりじゃ……アルレットっ」

ルイスは頭を抱《かか》え、正気を失ったように叫ぶ。

エラルドもラウも、何も言うことはなかった。

翌日も、レーヴァンはルイスの屋敷を訪れていた。

中に入ると、侵入者の仕業《しわざ》で物が散乱していた屋敷内を片付ける騎士団員が、ちらほら見られた。

どうやらラウが寄越したらしい。

（でも、肝心のラウ本人の姿が見当たらないな。もしかしたら、ルイスのところか……。相変わらずラウは、ルイスやエラルド、サンドラには滅法甘《めっぽう》いようだね。下らない家族ごっこを、いつになったらやめることができるのか……）

レーヴァンは肩を竦《すく》めながら二階の部屋に行き、扉を開けた。

ルイスはアルレットが閉じ込められていた部屋で、一人幼子《おさなご》のように膝《ひざ》を抱《かか》え、蹲《うずくま》っていた。

ラウはいないようだ。

「いつまで、そうやってるの？　その気持ちは、一体何に対してのもの？　自己憐憫《れんびん》に浸《ひた》ってさぞ気持ちがいいだろうね。それとも、アルレットが……お気に入りの玩具がなくなって淋《さび》しいのかな？」

「……」

レーヴァンの問いに、ルイスは何も答えなかった。

顔を伏《ふ》せているため、ルイスが今どんな表情をしているかわからない。そもそもレーヴァンの声が聞こえているのかも怪しい。

レーヴァンはため息をつくと、再度口を開いた。

「ルイス……君に話がある」

レーヴァンのその言葉に、ルイスはようやく反応を見せ、ゆっくりと顔を上げる。

そして虚《うつ》ろな目でレーヴァンを見上げた。何か言いたげに口を開くが、声が出ない様子だ。

ルイスは瞬《まばた》きをするのも忘れたかのように、レーヴァンをただ凝視《ぎょうし》していた。

生気のない、変わり果てた弟の姿に、ふと幼かった日のことを思い出す。

王妃がいなくなってしばらくして、レーヴァンはルイスのもとを訪れた。

その時もルイスは部屋に閉《と》じ篭《こも》り、部屋の隅で膝《ひざ》を抱《かか》え、蹲《うずくま》っていた。

レーヴァンがその場にいた侍女にルイスの様子を尋ねると、王妃が亡くなったことを理解できていないのだと聞かされた。

ただ、王妃の姿がない淋《さび》しさのあまり、部屋に篭《こも》りきりになっていると。

レーヴァンはそんなルイスに腹が立ち、気付けばルイスの手を引き中庭へと連れ出していた。侍女たちが狼狽《うろた》える声が背中越しに聞こえたが、関係なかった。

『ルイス、母上は死んだんだよ。だから、もう君のところには戻らない。君を愛してやまない母上が、君を抱き締めることも、君に笑いかけることもないんだ』

レーヴァンがどんな言葉を並べても、ルイスはなかなか理解しようとしない。

(何故この弟はこんなにも……僕を苛立《いらだ》たせる!?)

幼いレーヴァンの頭には血が上り、静かに口を開いた。

『ねぇ、ルイス。死ぬということはね……』

そして、レーヴァンは唐突に剣を抜くと、ルイスへと突きつけた。

レーヴァンは剣を一振りする。

その瞬間、宙《ちゅう》を舞う蝶《ちょう》が真っ二つに裂《さ》け……二枚に分かれた羽はゆっくりと地面に落ちていった。

ルイスは無意識に手を伸ばしたが、空《くう》を掴んだ。

『こういうことなんだよ』

レーヴァンがそう言った瞬間、ルイスの瞳が揺れ動き、涙が……流れた。

レーヴァンは大人げないことをしたとわかっていた。

何故あのように振る舞ったのか、自身でもわからなかったが——すぐに理解する。

……レーヴァンは王妃に殺されかけ、そのために彼女は処刑された。

レーヴァンはその時、初めて死に触《ふ》れたのだ。

自分の命を守ることと引き換えに、他人の命を散らしたという業《ごう》を背負った。

それから、今までレーヴァンの中にあったルイスへの感情が変化した。

腹違いとはいえ同じ血を分けた兄弟だ。それにもかかわらず、何一つ自身で考えず、与えられるがまま全てを受け入れ、綺麗事だけの世界にいるルイスに対して、負の感情が生まれた。

(——あの時から、僕は君が……)

レーヴァンは歯軋《はぎし》りし、改めてルイスを見る。

「ルイス、君のせいだよ。……君のせいでアルレットは、二度も命の危険に晒《さら》された」

今朝方《けさがた》、意識の戻ったミランから、昨夜の状況を聞いた。

その瞬間、ルイスへの憤《いきどお》りを抑えることができなかった。今も、そうだ。

レーヴァンは剣を抜くと、ルイスに剣先を突きつける。

「あに、うえ……」

「一度目はこの牢獄のような部屋に閉《と》じ込められた時。二度目はあの男から襲われた時。アルレットは鎖《くさり》で繋《つな》がれ、逃げる選択すら許されずに、諦《あきら》めるしかなかった……。こうやって剣を突きつけられ……死の恐怖に為《な》す術《すべ》もなく……ただ身体を震わせていたそうだ」

剣を持つ手を強く握り締める。

「僕はね、君が嫌いだ。君は全てを持っているくせに、何一つ責任を果たそうとしない」

昔からそうだった。

母からの愛情。自由。後ろ盾。

第二王子であるにもかかわらず、好きなことだけをして、好きな人だけに囲まれて、責務も忘れ、ただ生きていた。

そして、レーヴァンが欲《ほっ》してやまなかったアルレットすら、弟は難なく手に入れた。

ただ、与えられるだけのルイスに、苛立《いらだ》つ。

そして何をおいても許せないのは——

(僕の唯一無二《ゆいいつむに》の存在の……アルレットの命を軽んじたことだ)

ルイスは、酷《ひど》く冷たい眼差《まなざ》しをルイスに向けた。

「アルレットとは、離縁をしてもらう」

レーヴァンの言葉に、ルイスはおかしくなったように叫ぶ。

「あああ……い、いや、だっ……わたし、はっ……アルレッ、トは……わたし、の、妻、だっあぁああ」

力なく床に伏《ふ》せるルイスは、強く手を握り締めた……手のひらに血が滲《にじ》むほどに。

だが、レーヴァンは容赦《ようしゃ》するつもりがなかった。ただ、淡々と言う。

「彼女は、返してもらう」

王太子のレーヴァンには、国王に様々な事柄《ことがら》を進言できる権力がある。

――婚姻関係の強制破棄すらも。

ルイスはそれを思い出したのか、レーヴァンの足にしがみついてきた。

「いやだ……いや、です……兄上っ……わたしから……アルレット、を……とらないで、くださっ……」

レーヴァンはルイスを見下ろす。

その瞬間、再びあの日の幼かったルイスと重なった。

ルイスの瞳からは、涙が流れていた。

まるでルイスの時間だけ……あの日のまま止まっているようだ。

レーヴァンは少しだけ眉尻を下げ、ぽつりと呟く。

「君には……エラルドやサンドラ、ミランやラウだって……君を慕《した》う団員だっているのにね……本当に、君は欲張りだよ」

レーヴァンはルイスを引き離し、剣を鞘《さや》に収めた。そして部屋を出ようと扉へ向かい、暫《しば》し立ち止まる。

「僕には……彼女、だけなんだ」

レーヴァンは独り言のように呟くと、今度こそ部屋を出ていった。

レーヴァンが扉を閉めると、目前にはラウが立っていた。

「悪趣味だね、ラウ」

別段驚くことなく、レーヴァンは笑みを顔に張りつけた。

レーヴァンが部屋に入ってしばらくしたあと、外にラウの気配があるのは感じ取っていた。

「すまん。立ち聞きするつもりじゃなかった……」

その言葉が嘘か本当かなど、レーヴァンには興味はない。

「まだ泣いていると思うから、慰《なぐさ》めてあげてよ。ご自慢の可愛い弟子を」

レーヴァンはラウを見て、嘲笑《ちょうしょう》する。

「レーヴァン、お前だって俺の可愛い弟子だ」

ラウは真っ直ぐにレーヴァンを見つめていた。

その顔は真剣そのもので、嘘を述べているようには思えない。

「……僕に、そういうのは必要ない。そうやって自己欺瞞《ぎまん》な家族ごっこをずっと愉《たの》しんでいるといいよ」

レーヴァンはそれだけ言うと、ラウに背を向け、その場を去っていった。

◆　◆　◆

レーヴァンがいなくなってからも、ラウは暫《しば》しその場に立ち尽くし、拳《こぶし》を握り締めていた。

「家族ごっこ、か……」

ラウは自嘲《じちょう》気味に笑うと、ルイスのいる部屋へと入る。

「ルイス、どうした。お前ももう立派な男だろうが。泣くな」

床にへたり込み、顔を伏《ふ》せて涙を流しているルイスに、ラウは苦笑しながら声をかける。

そして彼の腕を掴み、立ち上がらせると、髪をくしゃくしゃと少し乱暴に撫でる。

「一緒に来い」

ラウは生気のないルイスを引きずるようにして、半《なか》ば強引に引っ張ると、屋敷を出た。

二人が着いた先は、城でまだ療養中のサンドラの部屋だった。

「ルイスっ……」

サンドラはまだ起き上がることはできないようで、顔だけをルイスへと向けると、力なく微笑んだ。

「……」

だが、ルイスは何も返事をしなかった。

虚《うつ》ろな表情で、その目は何も捉《とら》えることはない。

それでも、サンドラは笑みを崩《くず》すことなく、ゆっくりとルイスへと手を伸ばす。

「悪いな、少し野暮用《やぼよう》だ」

ラウは、ルイスをベッドの横に座らせると、部屋を出た。

（昔からの友と二人で話して、少しでもルイスの気が晴れるといいが……）
ラウはそう願いながらも、やはり不安な気持ちは消し去れなかった。

◆　◆　◆

サンドラは、昨夜ラウから事の顛末《てんまつ》を聞いていた。
傷ついてしまったルイスを慰《なぐさ》めるように、優しく声をかける。
「ルイス、大丈夫よ」
表面上は穏やかな笑みを浮かべながらも、心の中には黒い靄《もや》が渦《うず》を巻いている。
サンドラは全てを理解してしまった。
（私たちはずっと、レーヴァンの手のひらの上で踊らされていた……）
『君はルイスの特別な存在だよ』
その、甘い言葉に騙《だま》された。
レーヴァンはあの時、既《すで》に知っていたのだ。
ルイスの特別がサンドラではなく、アルレットだということを。
あの時のサンドラはルイスに拒絶され、藁《わら》にも縋《すが》る思いだった。
だから、サンドラ自身も現実から目を背《そむ》け、自分に都合のいいように思い込んだ。
そして、まんまと、レーヴァンに利用されたのだ。

（彼がアルレットを手に入れたいがために……）

心強い援軍だと思ったのは間違いだった。使い捨ての駒《こま》にされてしまった……自分も、無論ルイスもだ。

苛立《いらだ》つ心を抑え込んで、サンドラは優しく声をかける。

「ルイス」

今目前にいるルイスからは、生気を全く感じることができない。

アルレットを失い、失意のどん底にいるのだろう。

（それほどまでに、アルレット様を……）

サンドラは手を伸ばし、ルイスの頬に触《ふ》れた。

優しく撫でてやると、ルイスは震え、一粒《ひとつぶ》涙を流した。

その姿を見たサンドラは、怒《いか》りのあまりギリッと奥歯を噛み締める。

（レーヴァン……っ！　よくも、私の大切なルイスを……許せないっ）

サンドラは決意した。

「ルイス、あなたには私がついているわ。あなたが幸せになってくれるなら……私は、なんでもするわ……あなたに私の全てをあげる」

（たとえ、私が選ばれなくとも……）

サンドラは心の中でそう付け加えると、痛む身体を無理やり動かし、起き上がる。

そして、ルイスを抱き締めた。

「ルイス……愛してるわ」

第十二章

ルイスの屋敷からアルレットを救い出してから、数日が経った。

アルレットは、あれからずっと眠り続けている。

レーヴァンは、アルレットのために屋敷を手配した。城下からは少し離れており、周囲には森が広がり、民家もないところだ。

レーヴァンはできる限りアルレットに付き添うために、仕事もこの屋敷でこなしていた。

医師の見立てでは、アルレットは特に命に別状はないそうだ。

だが、彼女は一向に目を覚ます気配はなく、流石《さすが》のレーヴァンも心配になってくる。

「アルレット……君と初めて会ったのは、僕がルイスの屋敷を訪ねた時じゃないんだよ。君は覚えていないだろうけど……僕はもっとずっと前から、君を想っていた」

レーヴァンは眠っているアルレットの髪に触《ふ》れ、優しく撫でる。

「どうして君は、そんなに綺麗なんだろうね……」

レーヴァンはアルレットの寝顔を眺めながら、過去に思いを馳《は》せた。

聖誕祭が終わってから、レーヴァンは楽しい時間を過ごした少女のことを、一夜の夢だと忘れようとした。

だが、あの夜から一時《ひととき》も、頭から少女のことが離れない。

恥ずかしそうにする仕草や愛らしい表情、優しい笑顔。

幾度《いくど》も振り払おうとするが、レーヴァンの中から少女が消えることはなかった。

むしろ日を増すごとに、会いたくて仕方なくなってしまった。

(もう一度会いたい……)

レーヴァンは少女への想いが抑えられず、彼女を捜すことにした。

だが、レーヴァンはそこで気付いた。肝心の名前を聞いていないことに……

レーヴァンは不甲斐《ふがい》ない自分に落胆《らくたん》し、ため息をつく。どうやら、相当浮かれていたようだ。

しかし、過ぎてしまったことを嘆いても仕方がない。

(たとえどんな手を使ってでも捜し出す。……そしてもう一度あの少女に会う)

レーヴァンはそう心に誓った。

手がかりは赤みがかった金色の髪と、十歳ということだけだった。

だが、髪は割合珍しい色だ。ゆえに、レーヴァンはすぐに見つけることができると、この時点では思っていた。

レーヴァンは、この年に十歳になる貴族の娘を捜させた。

だが、何故かなかなか見つからない。男爵家から公爵家までの令嬢を手当たり次第に調べたが、それらしき少女はいなかった。

気付けば季節は巡り、また聖誕祭の日を迎えることになってしまった。

無論、レーヴァンはあの少女を捜したが、その年の聖誕祭で少女を見つけることはできなかった。

翌年も翌年も、レーヴァンは少女の姿を捜すが……あれ以来彼女が聖誕祭に姿を現すことはなかった。

それでも諦《あきら》められず、レーヴァンは何年にも亘《わた》り、名前すら知らない少女を捜し続ける。

そうしているうちに、レーヴァンは十八歳を迎えてしまった。

少女と出逢ってから、既《すで》に四年ほどが経とうとしていた。

この頃になると、以前から持ち上がっていた婚約の話が煩《うるさ》いくらいに舞い込んでくる。

このままだと、レーヴァンは他の令嬢を妃《きさき》として迎えることになるだろう。

レーヴァンが自分の妃《きさき》に望むのは、あの少女だけだ。他は望まない。

いずれレーヴァンが王位を継いだ時には、側妃《そくひ》や愛妾《あいしょう》などは必要ない。

あの少女をただ一人の妃《きさき》とすると決めている。

彼女だけが、レーヴァンが生きてきた中で、たった一つ欲しいと思ったものだった。

私利私欲《しりしよく》だと言われようと構わない。

彼女がいてくれれば、この下らない世界でも、レーヴァンは生きる意味を見出せる。

——だが、レーヴァンも年頃だ。王太子がこのまま婚約者を持たないでいることはできない。

そこでレーヴァンは考え、十九歳になった年に従姉《いとこ》のサンドラと婚約した。

レーヴァンは、自らサンドラを婚約者にと進言した。

何故ならサンドラは、レーヴァンにとって打ってつけの相手だったからだ。

サンドラが、昔から弟のルイスを好いていることは知っていた。

ゆえにサンドラと婚約しても、関係を破綻《はたん》させることは容易《たやす》い。

サンドラの性格からして、婚約したくらいでルイスを諦《あきら》めることはないはずだ。

ならばその時が訪れても、少し唆《けしか》ければ勝手に自滅してくれるだろう。

もしサンドラ以外の令嬢と婚約などすれば、相当な理由がない限り解消するのは難しい。

それから数か月後、マグダレーナの強い後押しもあり、レーヴァンとサンドラは婚約した。

婚姻はレーヴァンが国王の器《うつわ》になれるまで待って欲しいと伝えると、サンドラも都合がよかったからか、一も二もなく同意した。そのため、両家の合意はすぐに得ることができた。

それと同じ頃、ある噂が城中に流れた。

それは、弟であるルイスにとって、不穏《ふおん》な内容だった。

レーヴァンはその噂の出所に、見当がついていた。

『ルイスが王太子の座を狙っている、か……何故そんな噂を流したの、ゾラ？』

『全てはレーヴァン様のためでございます。ルイス殿下はいずれレーヴァン様を脅《おびや》かす存在になり得ます。それなら、レーヴァン様の婚約を機に、ルイス殿下には城から去っていただくのが最良かと、思いました……勝手なことをしてしまい、申し訳ございません』

レーヴァンが問うと、ゾラはお茶を淹《い》れたあと、顔を伏《ふ》せていた。

ゾラの考えも一理ある。

ルイスには、今は亡き王妃の実家である公爵家の後ろ盾がある。

公爵家は王妃の不審な死に抗議していたし、レーヴァンが王妃の実子でないことも承知していた。

そのため、公爵家はそのうち何かしら仕掛けてくるとは思っていた。機を窺《うかが》っているようにも思えた。

だが、正直レーヴァンには興味がない。

もしルイスが王位を継ぎたいのなら、譲り渡しても構わない。

レーヴァンはしがみついてまで王位が欲しいとは思わない。

だから、レーヴァンには理解し難《がた》い。

レーヴァンを殺してまでルイスに王位を継がせたかった王妃の気持ちが。

母親の死の真相も知らずのうのうと生きていられるルイスが。

どんなことをしても自分の娘を王妃にしたいマグダレーナと、母親の傀儡《かいらい》のサンドラが。

姉に甘く、何も言えない国王のマクシムが。

なんて下らない世界なんだと、レーヴァンは思う。

だが、そのしがらみから逃れることができないレーヴァン自身も、所詮は下らない人間なのだろう。

そんなレーヴァンには、幼き頃に会った少女だけが、心の拠《よ》り所《どころ》だった。

彼女を手に入れられた時を考え、サンドラと婚約破棄しやすいよう、ゾラに便乗して『サンドラは王太子の婚約者でありながら、第二王子と関係を持っている』という噂も流した。

その少女とレーヴァンが再会したのは、ルイスが妻を迎えると聞いた直後だった。

ルイスはこれまで何人もの令嬢と婚約を結んだが、全て破談になっていた。

普通なら第二王子との婚姻ともなれば誰もが歓喜するはずだが、違ったようだ。ルイスの不器用な性格に原因があったのだろう。

このままでは、ルイスは生涯《しょうがい》妻を迎えることなどできないのではないかと、誰もが思っていた矢先、正式に婚姻が決まったと聞いた時は本当に驚いた。

決まる直前は、女性側が婚約者を入れ替えるなどと理解し難《がた》いことを言い出し、だいぶ揉《も》めたらしいが、レーヴァンは興味がなく聞き流していた。

だが、それを後悔することになるなど、その時のレーヴァンは思いもしなかった。

ルイスの婚姻が決まったと報告を受けた翌日、レーヴァンはマクシムに呼ばれ執務室へ向かっていた。

差し詰めルイスの相手についての話だろうと、予想はしていた。

(ルイスの妻がどんな令嬢かなど、どうでもいい。興味など皆無だ。面倒事には関わりたくない)

レーヴァンは執務室の扉を叩こうとしたが、室内からマクシムと女性の声が聞こえ、手を止めた。

そして扉を少し開け、中を覗《のぞ》き見《み》る。

その瞬間、呼吸が止まりそうになった。

金縛《かなしば》りにあったように、レーヴァンの身体は動かない。

しばらくして、レーヴァンは音もなくその場から立ち去った。

——中にいた女性は……あの少女だった。

少女は成長して女性へと変わっていたが、レーヴァンにはすぐわかった。

何故、彼女が執務室にいるのか……そんなことはわかりきっていた。

だから、レーヴァンは立ち去ったのだ。

平静を装《よそお》ってあの場に入ることなど、レーヴァンにはできなかった。

『私などに、ルイス殿下の妻が務まるでしょうか……』

アルレットは、優しい声でマクシムと話していた。懐かしい声色だった。

ずっと捜し続けていたあの少女は、弟の妻になるという。

その現実に、レーヴァンの頭は真っ白になった。

息苦しくなり、嫌な汗が身体を伝うのを感じた。

それでもレーヴァンは、最後の希望を手放すことができず……動くことにした。

ひとまず、『影の騎士団』を使って、ルイスとアルレットの様子を調べさせた。

流石《さすが》に屋敷内の様子まではわからなかったが、ルイスがアルレットを屋敷から出そうとしないという事実を知る。ほぼ軟禁《なんきん》状態だ。

ルイスは婚姻して三月《みつき》経っても、アルレットをお披露目《ひろめ》することはなかった。軟禁《なんきん》状態も続いていた。

まずは、レーヴァンはそれを使うことにした。

まずは、登城《とじょう》したルイスと話をした。ルイスが、どういった生活を送っているのか知るために。

平静を装《よそお》って言葉を発するたびに、レーヴァンは内心震えた。

特に、アルレットを抱いたのか否《いな》かは気になってしょうがなかった。

普通に考えれば、とうに初夜は済んでいるはずだ。聞くまでもない。

だが、確認せずにはいられなかった。

ルイスを誘導するように尋問し、確信した。

まだ、アルレットは手付かずだと……

その瞬間、レーヴァンは湧《わ》き上《あ》がる気持ちを抑えられなかった。歓喜し、酷《ひど》く安堵《あんど》した。

ただそれは、束《つか》の間《ま》の安心に過ぎない。

ルイスは非常に奥手だが、アルレットを抱く可能性は、いくらでもある。

二人は夫婦なのだから、それは当たり前のことだと頭では理解していた。

だが、感情ではわかりたくなかった。

レーヴァンはルイスに、アルレットを夜会に連れてくるように言ったが、ルイスは乗り気ではなく、むしろ不貞腐《ふてくさ》れて帰っていった。アルレットを軟禁《なんきん》している彼のことだから、想定の範囲内だった。

レーヴァンは、少しでも早くルイスからアルレットを引き離したかった。

それには、これから起こる劇の役者たちを、舞台に上がらせる必要がある。

ルイス、アルレット、エラルド、サンドラ、レーヴァン。

役者が出揃《でそろ》い、お膳立《ぜんだ》てできれば、あとはどうとでもなる。

レーヴァンは自らアルレットを夜会に連れていこうとしたが、意外なことにルイスの屋敷には、既《すで》にエラルドがいた。

確かに、エラルドがルイスの屋敷を勝手に訪問したという報告が上がっていた。

エラルドがどうしてアルレットに接触し、夜会に連れていこうとしているのか。

その理由がレーヴァンには大方見当がついていた。

(使えるかもしれない)

そう、レーヴァンは思った。

そして、事はレーヴァンが手を下すまでもなく、勝手に進んでいく。

たまに誘導するようにルイスを煽《あお》れば、甘い彼は簡単にレーヴァンの思惑《おもわく》通りに動いてくれた。

そして、アルレットとサンドラを交換させられればと……

(まあ、少し予想外だったけどね。ルイスが、アルレットにここまで執着するとは思っていなかった。それに、刺客《しかく》がアルレットを狙っていたことも……気にはなるが。どちらにせよ詰めが甘かったことには変わりない。僕もまだまだということかな)

もっと早く手を打つべきだった。そうすればアルレットをこんな目に遭《あ》わせることはなかったはずだ。

(……君が無事で、よかった)

レーヴァンは、手の甲でアルレットの頬を撫でる。

「ねえ、アルレット。あの日のように、君とまた色々話したいな……」

そう願った時。

アルレットの唇が、小さく開いた。

◆　◆　◆

「レーヴァン様……」

覆面《ふくめん》の男に襲われて、もう死ぬのだと思っていた。

それなのに瞼《まぶた》を開けてみれば、一番会いたいと願った、レーヴァンがそこにいた。

アルレットは瞳を伏《ふ》せ、涙を流した。レーヴァンは驚いた顔をしている。

「アルレット、起きたの？」

涙を滲《にじ》ませているアルレットの頭を、レーヴァンは優しく撫でた。

その優しい仕草にアルレットは思わず目を丸くして、ちらちらと彼を見る。

レーヴァンは堪《こら》えきれないというように笑みを溢《あふ》れさせた。

「君は、変わらないね……」

そして、レーヴァンは、アルレットを抱き締めた。

アルレットは身動《みじろ》ぐが、レーヴァンは離さない。

逃がさないとばかりに、さらに強く力を込められる。

「レーヴァン、様……？」

「僕は自分本位な人間なんだ……」

アルレットは、自分を抱き締めたまま動かないレーヴァンに戸惑《とまど》う。

抱き締め返すこともできずに、されるがままでいた。

ふとレーヴァンの横顔を見ると、苦しそうな、淋《さび》しそうな顔をしていた。

「レーヴァン様……」

「もう少しだけ……このままでいたい。そしたら……またいつもの王太子に戻るから……なんか、疲れたんだ」

(この台詞《せりふ》、どこかで聞いた……?)

アルレットの頭はくらくらする。

一度、離宮の西の塔に行った時に、レーヴァンが同じことを言っていた。

(……違う、それよりも、もっと前。この記憶は、いつのもの……?)

そしてアルレットは、過去のある日の思い出に辿り着いた。


『ずるい! ずるい~! 私も行く! 行きたい!!』

十歳になる年の聖誕祭の日、アルレットはその催《もよお》しに参加すべく屋敷で支度《したく》をしていた。

すると妹のシルヴィアが、自分も行きたいと駄々《だだ》を捏《こ》ねたのだ。

流石《さすが》の両親もシルヴィアを説得するが、彼女は頑《がん》として譲らない。

一つ歳下のシルヴィアはまだ十歳に満たないので、聖誕祭には参加はできない。

困った両親は、アルレットにこう言った。

『シルヴィアが行けないのだから、今年は参加するのをやめましょう。アルレットもお姉さんなんだから、我慢なさい』

我慢も何も、これは通過儀礼のようなものなのに、行かないだなんて前代未聞《ぜんだいみもん》だとアルレットは思った。だが、アルレットには頷く以外選択肢はなかった。

結局、アルレットは一年遅れで、十歳になったシルヴィアと一緒に参加することになってしまった。

そして、翌年の生誕祭の日。

初めて登城《とじょう》したアルレットは、少し浮かれていた。

城は屋敷とは比べものにならないほどの大きな建物だ。門を見ただけでも圧倒された。

見渡す限りあるのは、豪華で煌《きら》びやかな装飾品。

全てが初めてのことで、夢を見ているように感じられた。

無論、浮かれているのはアルレットだけではない。シルヴィアも同様だった。

王宮の広間に着くと、一緒に来ていた両親はアルレットを置いて、シルヴィアだけを連れて行ってしまった。

その際、母から十一時の鐘《かね》までに馬車に戻るように言いつけられた。

遠目に、シルヴィアが積極的に同じくらいの年頃の令息たちに声をかけているのが見えた。

両親は特に気に留めていない様子だが、明らかに周囲から浮いていた。

その奔放《ほんぽう》な姿に、アルレットは小さくため息をついた。

『そのドレス、よく似合っているね』

不意に少年に声をかけられ、アルレットは身を縮めた。

気付けば、自分より少し年上だろう令息たちに囲まれていた。

アルレットはどうしていいのかわからず、動くこともできずに、戸惑《とまど》いながら彼らを見た。

『愛らしいね』

『今日は初めてかな？　よかったらお話ししない？』

『ダンスはお好きかな？　よかったら僕と一曲どう？』

『名前はなんていうの？』

『僕、伯爵家の嫡男《ちゃくなん》なんだ。君は？』

次から次へと話しかけてくる令息たちに圧倒され、アルレットは萎縮《いしゅく》してしまう。

しばらくそんなことが続き、一人の令息が花を差し出してきた。

『僕からの花を受け取って欲しい。君のような愛らしいご令嬢は、そうはお目にかかれない』

『おい、抜けがけする気か？』

『こういうことは早い者勝ちなんですよ』

一人の少年が声を荒らげ、急に不穏《ふおん》な空気になった、その時。

『ちょっと！　お姉さまばっかり!!　ずるい！』

シルヴィアが顔を真っ赤にして、アルレットのもとへ向かってきた。

そして令息たちを掻き分け、彼女はアルレットの前に立《た》ち塞《ふさ》がる。

シルヴィアのアルレットへの文句は続き、やがて令息たちは驚き呆《あき》れて去っていった。

内心助かったと安堵《あんど》するが、シルヴィアの暴言は止まらない。どの道、最悪だ。

どうやらシルヴィアは手当たり次第に声をかけたが、誰一人として相手にされなかったらしい。

（令息たちの気持ちもわかる。淑女とは正反対ともいえるシルヴィアみたいな令嬢とは、話したいと思えないよね……）

アルレットが内心でため息をついていると、シルヴィアは甲高《かんだか》い声で叫んだ。

『ずるい！　私のほうが、絶対可愛いのに、おかしい！　本当、邪魔！　どっか行ってよ‼』

アルレットは仕方なしに、外へと向かった。

周囲の視線も痛い。これ以上広間にいるのはいたたまれなかった。

アルレットが城の外に出ると、突然見知らぬ少年に声をかけられた。

彼はアルレットの手を引き、噴水の前へ連れていく。

二人はたわいない話をたくさんした。

あんなに笑ったのは初めてだった。

優しく笑みを浮かべ、少年はアルレットを見ていた。素直に素敵な人だと思った。

まるで、物語の中の王子様のようだと……

アルレットは時間が経つのも忘れて、夢中で少年と話し続けた。

そんな時、不意に十一時を告げる鐘《かね》が鳴った。

急に現実に引き戻され、アルレットは焦《あせ》る。

（また怒られる。急いで戻らないと……）

アルレットは慌《あわ》てて立ち上がると少年に別れを告げ、頭を下げた。

名残惜《なごりお》しいが、仕方がなかった。

『あ、その……これ、君にあげる』

そう言って少年から手渡されたのは、一輪の白い花だった。

アルレットは、とても嬉しかった。

（本当はもっと一緒にいたい。話したい）

胸が急に締めつけられるように感じた。

（でも……もう行かなくちゃ）

アルレットは振り返ることなく、足早にその場をあとにした。

振り返ったら、悲しくなってしまいそうだった。

屋敷に帰る馬車の中でも、アルレットはまだ夢を見ているようだった。

（またいつか、あの子に会えるかな）

そう思った時、少年の名前すら聞いてないことに気付き、落胆《らくたん》した。

それから屋敷に戻ると、早々に少年からもらった花がシルヴィアに見つかってしまった。

『なんで!?　おかしい！　誰にもらったの!?　お姉さまがもらえるなんてあり得ない！　私なんて一個ももらってないのに！』

シルヴィアは憤慨《ふんがい》しながらアルレットから花を取り上げると、側《そば》に置いてあった蝋燭《ろうそく》の火をつける。一瞬にして、火が花に燃え移っていく。アルレットは、あまりの出来事に唖然《あぜん》とし、花が灰《はい》になるのをただ見ていることしかできなかった。

『はぁ～、スッキリした！　もう私、寝ようっと』

シルヴィアは上機嫌で、寝室へと歩いていった。

アルレットは部屋に戻り、啜《すす》り泣《な》いた。

どうしていつも、こんな目に遭《あ》うのか。

ほんの一時《ひととき》、幸せに思えた時間だった。

いつか、こんな幸せな時間が続くのではないかと、夢見てしまった。

だが、やはり自分にはそんな日は来るはずがない。

シルヴィアに花を灰《はい》に変えられた瞬間、そう思い知らされた。

（……もう忘れよう。どの道、名前も知らない彼にはもう、会えない。忘れよう……）

幸せな思い出は、アルレットには酷《こく》だ。幸せな時間を過ごせば、当然それを望んでしまう。

だが、願えば願うほど、現実との違いに落胆《らくたん》するだけ。

それなら、自分には必要ない。ないほうがいい。辛《つら》くなるだけだ。

翌年、シルヴィアは聖誕祭には行かないと言い出した。

昨年誰にも相手にされず、花ももらえなかったことを根に持っているようだった。

翌年もその翌年も、シルヴィアは聖誕祭には行きたがらず、無論アルレットも行くことを許されなかった。

一度だけ聖誕祭に行きたいと伝えたが、母は激高《げっこう》した。

『妹が行かないのに自分だけ行くなんて、可哀想だと思わないの⁉　お姉さんなんだから我慢なさい』

（もう、聖誕祭には行けない。やっぱりあの少年にも、会えない……）

アルレットは今度こそ、幸せな記憶を心の奥深くに閉じ込めた。

アルレットに幸せを与えてくれた少年は……レーヴァンと同じ、銀髪に蒼《あお》い目を持っていた。


アルレットは、自分を抱き締めているレーヴァンを見る。

「レーヴァン様……」

アルレットはゆっくりと口を開いた。一言一言《ひとことひとこと》を、自分で確認するように。

幼かったあの日と、同じ言葉を紡ぐ。

「……私にも、妹がいるんです。お父様もお母様も、いつも妹ばかりを可愛がります。私は何をしても、お姉さんなんだから我慢しなさいって言われてて……」

アルレットとは一度言葉を切った。そして、確信をもって口を開いた。

「私も、疲れちゃう」

レーヴァンはアルレットの肩を掴んで身を離すと、驚いたようにアルレットを凝視《ぎょうし》する。

「……いつ、気付いたの」

「……今、です。レーヴァン様の、言葉を聞いて……」

「そう……僕のこと、思い出してくれたんだね」

レーヴァンはなんとも言えない表情を浮かべて、アルレットから視線を外した。

「あの日から……ずっと君を捜してたんだ。でも、君は全然見つからなくて。君を見つけた時には、君は……ルイスの花嫁だった。頭が真っ白になったよ。あんなに、君に会いたくてどうしようもなかったのに……正直、君に会うのが怖くなった」

アルレットはただ静かに、レーヴァンの話を聞く。

「君はもう別の男のものなんだと思ったら、おかしくなりそうだった……」

まるで存在を確かめるように、レーヴァンは再びアルレットを腕の中に閉じ込めた。

「アルレット」

「レーヴァン様……」

アルレットを抱くレーヴァンの腕に、力が篭《こも》る。

「僕は、あの日から……ずっと君だけを想ってきたんだ。恥も外聞も捨てて言う。僕は、君が好きだ。何度でも言う。君が欲しくて仕方がない。君を想うと、自分が自分でなくなってしまいそうになるんだっ。君を、僕にちょうだい……」

「レーヴァン、様……っ」

アルレットはレーヴァンの言葉に、心を震わせた。

「アルレット、君の気持ちを聞かせて欲しいんだ」

（レーヴァン様は、今どんな顔をしているの……）

抱き締められたままだから、彼の顔が見えない。

肩越しに、ただ彼の優しい声が聞こえてくるだけ。

それが心地《ここち》よくて、安心する。

（レーヴァン様は、何を考えているかわからないところもあるけれど……初めて私に自分で選ぶことを与えてくれた人で、初めて真っ直ぐ愛を伝えてくれた人で……初めて幸せな時間をくれた人）

アルレットは、そっとレーヴァンの身体を押す。

レーヴァンは名残惜《なごりお》しそうにするが、大人しく離れた。

「レーヴァン様……私は、ルイス様の妻です。レーヴァン様へ、私は何もお伝えすることはできません」

そう言うと、悲しい気持ちが湧《わ》き上《あ》がる。アルレットは、無理やり微笑んだ。

「僕が許すと言っても？」

「はい……申し訳ございません」

真っ直ぐに、アルレットはレーヴァンを見る。

すると、レーヴァンはふっと声を漏らして笑った。

「君は、たまにそういう目をするよね。強い光を宿した目……。その目で見られると、僕は惹《ひ》きつけられてしまうんだ。そんなちょっと頑固なところも好きだよ」

アルレットは、頬を熱くする。

レーヴァンは、いつものように飄々《ひょうひょう》と微笑んだ。

「じゃあ、答えなくていいよ。代わりにこれから僕の言う質問に、否《いな》なら首を横に、是《ぜ》なら首を縦に振って？　……いい？」

（そんなことをさせるなんて、ずるい……言わせているのと変わらないじゃない）

アルレットは苦笑した。そして、静かに頷く。

「いい子だね。じゃあ、聞くよ。僕は近々、城へ行く。そして、君とルイスの婚姻関係の強制破棄をするつもりだ。そのことで、アルレット……君の許可を得たい」

レーヴァンの言葉に、アルレットは驚き大きく目を見開いた。

「君は、ルイスと離縁する……いいよね？」

アルレットは暫《しば》し黙り込む。

（本当に、ずるい人。そんな言い方するなんて。きっと、私の気持ちをわかっていて言ってる。それに、そんな顔をされたら、頷くしかない……）

レーヴァンは、口調や言葉こそ自信に満ちているが、そう話す顔は……不安そうで、必死で、頼りなくて。

（これもわざとなのかしら……？）

だが、たとえわざとだとしても、アルレットに抗《あらが》う術《すべ》などない。

その理由は、自分自身が一番わかっている。

そして、アルレットは静かに頷いた。その様子を見たレーヴァンは、満足そうに笑みを浮かべた。

「あと、もう一つ、大事なことを言わないとね」

レーヴァンにそう言われ、アルレットは、首を傾げた。

彼は、少しだけ目線を逸《そ》らして、口を開く。

「この件が片付いたら……僕と結婚して欲しいんだ……アルレット、僕の妻になって欲しい」

アルレットは急な展開に驚き、固まる。

(婚約を通り越して、いきなり結婚……!?)

だがそれだけ、レーヴァンの想いが強いものだと伝わってくる。

レーヴァンはとても緊張した面持《おもも》ちで、アルレットの答えを待っていた。

いつもは大人びて見える彼が、年相応に思える。

(それに、あんなに堂々と『欲しい』『ちょうだい』など言ってのける人が、ここで照れるなんて)

失礼かもしれないが、アルレットは思わず声を上げて笑いたくなった。

(嬉しくて、ちょっぴり恥ずかしくて、むず痒《がゆ》くて。こんな気持ちになるのは……あの日以来ね)

あの少年と――レーヴァンと出逢った日。

アルレットは泣き笑いのような表情を浮かべると、ゆっくりと、頷いた。

今はまだ言葉にできない。

だが、きちんとルイスと話して、けじめをつけたら、レーヴァンに言いたい。

自分の想いの丈《たけ》を全部伝えたい。

(あなたに、私の今のこの想いを。だからもう少しだけ、待っていてください。レーヴァン様……)

二人はただ静かに、再び抱き締め合った。

エピローグ

アルレットが目を覚ましてから、数日が経った。

あれから、二人は穏やかに過ごすことができている。

アルレットに朝の挨拶《あいさつ》をしたあと、執務室で仕事をし、昼には彼女の部屋で共に昼食をとるのが、レーヴァンの日課になっていた。

その日もレーヴァンは午前中の仕事を片付け、アルレットの部屋を覗《のぞ》いた。

「アルレット……？　寝ちゃってるみたいだね」

安心した顔で寝息を立てるアルレットの頭を、レーヴァンは優しく撫でた。

数日経ったとはいえ、アルレットはだいぶ衰弱《すいじゃく》していた。

快復するにはまだ時間を要するだろう。

「ゆっくり眠るといいよ。……次に目を覚ました時には、君は僕のものだよ」

そう冗談っぽく言って、レーヴァンは笑った。

「さて、君を起こすのも忍《しの》びないし、今日城へ行ってしまおうかな……行ってくるね、アルレット」

レーヴァンは、離宮から呼び寄せていたゾラにアルレットの世話を頼むと、屋敷をあとにした。

アルレットが眠っていた数日間で、色々なことが起きていた。

ルイスはあれから精神状態が落ち着かず、騎士団にも行けなくなったようだ。とりあえず今は城に連れ戻され、マクシムの監視下に置かれている。

サンドラは、容態が安定したと報告を受けた。相変わらず「ルイス、ルイス」と譫言《うわごと》のように言っているらしい。

しかもルイスが城へ戻って来たことをいいことに、彼を呼びつけているという。

（本当に呆《あき》れるね……）

レーヴァンは思わずため息を零《こぼ》した。

エラルドは、騎士団に顔を出さないのはいつも通りだが、城からも姿を消した。自邸に帰っている様子もないようだ。

（一体どこへ行ったのか……まあ、別段興味はないけど）

やがて馬車は城へ到着し、レーヴァンはマクシムのもとへと向かう。

「お前自ら私のところに来るなど、珍しいな」

マクシムはレーヴァンを見るなり、開口一番そう言った。

確かにレーヴァンは、普段は呼ばれない限り、自らマクシムのもとを訪れることはほとんどない。

「父上に許可をいただきたく思いまして」

「許可？」

レーヴァンの言葉にマクシムは眉をひそめた。

レーヴァンはにっこりと笑うと、口を開く。

「先日のルイスの屋敷への襲撃騒ぎは、無論ご存じかと思います。その際に、ルイスが妻であるアルレット嬢を監禁していた事実がわかりました」

「あぁ、その報告は受けている」

マクシムは、渋い表情を浮かべた。レーヴァンは笑みを絶《た》やさずに続ける。

「アルレット嬢は、大変衰弱《すいじゃく》しておりました。もしあのままだったなら、命が危うかったでしょう」

「お前の話は迂遠《うえん》すぎる。何が言いたい。はっきりと申せ」

痺《しび》れを切らしたマクシムを見て、レーヴァンは唇の端をさらに吊り上げた。

「では、父上。これに署名をお願いします」

レーヴァンは懐《ふところ》から一枚の紙を取り出すと、マクシムの前に差し出す。

マクシムは訝《いぶか》しげな顔でその紙を受け取ると、驚愕《きょうがく》した。

「これは……こんな勝手なことはできんぞ」

——婚姻関係の強制破棄。

それは、国王のみが行使でき、書面には国王の署名と捺印《なついん》が不可欠である。

今まで実際に行使されたのは、マクシムが別の者の妻であった王妃を手に入れたいがために行使した、数十年前の一度きりだという。

マクシムの言葉に、レーヴァンはわざとらしく目を丸くした。

「何をおっしゃっているんですか、父上。父上も王妃の時に行使したじゃないですか」

「それは……」

「言わずともおわかりかとは思いますが、ルイスがアルレット嬢の夫である資格は皆無です。ルイスは自分の妻を牢獄のような部屋に閉じ込め、足枷《あしかせ》で繋《つな》ぎ監禁した挙句、衰弱《すいじゃく》させて放置した……非道すぎると思いませんか。大事にするべき妻にする振る舞いだとは到底思えません」

レーヴァンがまくしたてると、マクシムの額《ひたい》から大量の汗が滴《したた》り落《お》ちた。

（……まあ、父上がこれを呑まないはずがない。父上自身も、この出来事は他人事に思えないだろうからね）

レーヴァンの読み通り、マクシムはがっくりと肩を落とした。

「あいわかった……」

レーヴァンは国王の署名と捺印《なついん》がされた紙を受け取ったあと、まるで今思い出したかのように言う。

「あぁ、それともう一つ。父上、これに署名をお願いします」

「署名は先ほど済ませたではないか……次は、なんだ」

マクシムは怪訝《けげん》そうに、レーヴァンが差し出したもう一枚の紙を眺める。

「婚姻契約書？　……これは、誰のものだ？」

「父上、寝言は寝てからおっしゃってください。僕しかいないでしょう」

マクシムは、先ほど以上に驚きを露《あら》わにした。

「随分《ずいぶん》唐突な話だな。私は何も聞いていないぞ」

「ルイスとアルレット嬢の離縁が成立しましたので」

「……何故そこで、ルイスの話が出てくる」

全く話が噛み合わないというように、マクシムは眉根を寄せた。

「それは、僕が、アルレット嬢と結婚するからです。ですので、さっさと署名、捺印《なついん》をお願いします。僕も忙しい身なので」

そう言い放つレーヴァンに、マクシムはぽかんと口を開けた。

「レーヴァン、正気か」

「僕は、至って正常ですよ。あぁ、でも、父上がどうしても結婚を認《みと》められないとおっしゃるなら、構いません……その時は、僕は王太子の座を放棄《ほうき》して、アルレット嬢を連れて城を出ます。どこかで二人、のんびりと隠居生活するのも悪くない」

マクシムは暫《しば》し黙り込み、考える素振《そぶ》りを見せたあと、口を開いた。

「……もうよい」

マクシムは婚姻契約書に筆を走らせる。

その顔には、苦虫を噛み潰したような表情が浮かんでいた。

レーヴァンは婚姻契約書を受け取ると、大事に懐《ふところ》に入れ、国王の執務室をあとにする。

そして、馬車へと乗り込んだ。

（早くアルレットに、会いたい。これを見せたら、アルレットはどんな顔をするだろうか。喜んで、くれるだろうか。あの日から、長かった……ようやく、この日を迎えることができた）

どんな時も、あの日の少女の笑顔を思い浮かべていた。

（この、酷《ひど》く下らない、つまらない僕の世界に、彼女が価値を与えてくれた……）

レーヴァンは、窓の外へと視線を遣《や》った。

屋敷が見えてくる。

心なしか、鼓動が速くなる。こんな気持ちは初めてだ。

（彼女が目を覚ましていたら、まずはなんて言おうか）

馬車がゆっくりと停止する。

レーヴァンは馬車から降りて、屋敷の扉を開くと、屈託《くったく》のない笑みを浮かべた。

「アルレット、ただいま……」

RC
Regina COMICS
最後にひとつだけお願いしてもよろしいでしょうか
1~3
原作 鳳ナナ
漫画 ほおのきソラ
シリーズ累計28万部(電子含む)
待望のコミカライズ!
舞踏会の最中に、第二王子カイルから、いきなり婚約破棄を告げられたスカーレット。さらには、あらぬ罪を着せられて〝悪役令嬢〟呼ばわりされ、大勢の貴族達から糾弾される羽目に。今までずっと我慢してきたけれど、おバカなカイルに付き合うのは、もう限界! アタマに来たスカーレットは、あるお願いを口にする。——『最後に、貴方達をブッ飛ばしてもよろしいですか?』
アルファポリスWebサイトにて
好評連載中!
大好評発売中!
アルファポリス 漫画
検索
B6判/各定価:本体680円+税

シリーズ累計（電子含む）
77万部
突破!!
Regina COMICS
詐騎士
1~9
SAGISHI
Presented by Kaitoko
Comic by Natsumi Asa
大好評
発売中!!
原作 かいとーこ
漫画 麻菜摘
アルファポリスWebサイトにて
好評連載中!
新感覚ファンタジー
待望のコミカライズ!!
ある王国の新人騎士の中に、一人風変わりな少年がいた。傀儡術《かいらいじゅつ》という特殊な魔術で自らの身体を操り、女の子と間違えられがちな友人を常にフォローしている。しかし実は、その少年こそが女の子だった！　性別も、年齢も、身分も、余命すらも詐称。飄々《ひょうひょう》と空を飛び、仲間たちを振り回す――。そんな詐騎士《さぎし》ルゼの偽りだらけの騎士生活！
B6判 / 各定価：本体680円＋税
アルファポリス 漫画
検索
詐騎士 9
かいとーこ 麻菜摘
淑女になって
新たな敵に
立ち向かう!
77万部
突破!!!
新感覚ファンタジー
コミカライズ!!
アルファポリス

この作品に対する皆様のご意見・ご感想をお待ちしております。

おハガキ・お手紙は以下の宛先にお送りください。

【宛先】

〒150-6008 東京都渋谷区恵比寿4-20-3 恵比寿ガーデンプレイスタワー 8F
（株）アルファポリス　書籍感想係

メールフォームでのご意見・ご感想は右のＱＲコードから、
あるいは以下のワードで検索をかけてください。

アルファポリス　書籍の感想　検索

ご感想はこちらから

本書は、「アルファポリス」（https://www.alphapolis.co.jp/）に掲載されていたものを、
改稿、加筆のうえ、書籍化したものです。

交換《こうかん》された花嫁《はなよめ》

秘翠ミツキ（ひすい みつき）

2021年 3月 31日初版発行

編集－中山楓子・篠木歩
編集長－塙 綾子
発行者－梶本雄介
発行所－株式会社アルファポリス
〒150-6008 東京都渋谷区恵比寿4-20-3 恵比寿ガーデンプレイスタワー8F
TEL 03-6277-1601（営業） 03-6277-1602（編集）
URL https://www.alphapolis.co.jp/
発売元－株式会社星雲社（共同出版社・流通責任出版社）
〒112-0005 東京都文京区水道1-3-30
TEL 03-3868-3275
装丁・本文イラスト－カヤマ影人
装丁デザイン－AFTERGLOW
（レーベルフォーマットデザイン—ansyyqdesign）
印刷－図書印刷株式会社

価格はカバーに表示されてあります。

落丁乱丁の場合はアルファポリスまでご連絡ください。

送料は小社負担でお取り替えします。


ISBN978-4-434-28681-0 C0093